Une vie de lumière et de vent

Christian Signol

Une vie de lumière et de vent

ROMAN

Albin Michel

IL A ÉTÉ TIRÉ DE CET OUVRAGE

Vingt exemplaires
sur vélin bouffant des papeteries Salzer
dont dix exemplaires numérotés de 1 *à* 10
et dix exemplaires, hors commerce, numérotés de I *à* X

À Louis, né en 2013

« Qu'est-ce que le destin,
sinon la densité de l'enfance ? »

Jim Harrison

LE VENT

1

LÀ-HAUT, ce n'est pas seulement la désolation du plateau qui fait peur, mais la folie de ses roches qui ignorent le silence : elles se querellent, se battent avec le vent qui veut les faire taire et ne parvient qu'à les exaspérer. Ce sont de grands blocs qui gîtent là depuis que le monde est monde, et auxquels on ne peut pas raconter d'histoires. Ce sont eux qui les racontent, les histoires, mais il vaudrait mieux ne pas les entendre. D'ailleurs personne, ou presque, ne les entend, sinon quelques âmes dolentes qui ne s'interrogent plus sur rien, ni sur le fait d'être là, d'y vivre et d'y mourir, pour aller où après, Seigneur, quelle importance quand on a bu le ciel pendant des années, quand on s'est mesuré aux étoiles, quand on a passé outre aux dévastations de l'existence, aux jours de grand silence, aux nuits de grandes peurs ?

Il s'appelait Jean Dolin. Il savait que l'on ne peut s'aventurer sur ces solitudes sans avoir assuré ses arrières. Il s'était juré de ne pas rester, de redescendre une fois parcouru le désert lunaire, couvé par un ciel immense, sur lequel il avait grandi. C'était un enfant trouvé le jour de la Saint-Jean, au milieu des fleurs d'une doline. Un chemineau avait eu pitié de lui, il l'avait ramassé, descendu dans la vallée : le pays de l'eau, le berceau de l'herbe, de la terre grasse, des parfums tièdes, de la tendresse, des sourires. Mais Jean ne les avait jamais connus. Le maire, qui lui avait donné son nom à cause de la Saint-Jean et de la doline, l'avait confié à l'Assistance qui l'avait renvoyé impitoyablement vers le causse Méjean où une pauvre femme s'était débarrassée de lui en lui donnant le jour.

Il y avait vingt et un ans de cela. Vingt et un ans qu'il s'accrochait à la vie comme sur ces versants s'accrochent les genévriers de toutes leurs pauvres forces, on se demande bien pourquoi. Qu'est-ce qui les pousse, les arbustes et les hommes, à s'agripper à la désolation sinon une curiosité maladive pour ce qui ne les concerne pas ? Ils dépérissent, s'atrophient entre la terre et le ciel, dans un combat dont on ne discerne ni les causes ni les effets, une sorte d'affrontement tellurique d'un autre âge, plus probablement d'une autre ère.

Oui, pourquoi remontait-il là-haut, Jean Dolin ? Pour tenter de retrouver cette mère qui l'avait livré aux langues d'herbe grise autour des lavognes, aux avens qui plongent vertigineusement au fond des gouffres où l'eau, tapie, pactise avec les lamentations inquiétantes des roches ? Et pour apprendre quoi ? Qu'une pauvre fille de ferme avait été engrossée par un colporteur de passage ou le maître du mas, s'était cachée pour ne pas être chassée, libérée de l'enfant du péché dans un creux à l'abri du vent, puis avait regagné les murs d'une bergerie, bête docile qui n'existait qu'au contact des autres bêtes, de leurs grands yeux apeurés, de leur langue douce aux mains ravagées par les outils, les lessives, les cristaux du gel, les caresses traîtresses de la neige ?

Oui ! Mais cet homme nu voulait aussi comprendre comment il avait pu vivre là pendant si longtemps, avant que ne s'ouvrent devant lui le vaste monde, les horizons bleus, les plaines dorées, les vallées riantes, loin des navires noirs des nuages, des tempêtes de l'âme, des peurs atroces de l'enfance. Comment avait-il pu subir ce qu'il avait subi sans jamais se rebeller, pour la seule raison qu'il n'avait connu que la soumission, le silence, et sur sa bouche la main du vent qui régnait là-haut et dictait sa loi immuable, impitoyable aux bêtes et aux hommes ?

Combien de fois Jean, dévasté par la peur au fond de sa solitude, l'avait-il vu s'ébrouer, ce vent, gesticuler, s'effrayer de sa propre folie, grimper dans le bleu du ciel pour voir s'il n'y avait pas plus fou que lui, puis redescendre plus farouche qu'il n'était parti ; se calmer, enfin, pour une heure ou deux, le temps seulement de reprendre son souffle, et non plus monter, mais s'engouffrer dans les ravines qui plongeaient vers ces enfers dont des hurlements s'extirpaient parfois, tétanisant l'enfant qui ne savait même plus le goût des larmes ?

Adossé au rocher, laissant le chien s'occuper des bêtes, il guettait avec des sanglots muets les géants féroces dont on le menaçait, les loups cruels, les monstres à trois têtes, découvrait les abîmes de la terreur, s'y noyait avec l'horrible sensation qu'il n'en émergerait jamais. Et c'était vrai qu'il lui avait fallu longtemps pour tenter de percer les mystères du monde, ses folies, ses invincibles lois. Jusqu'à huit ans, il n'avait été que crainte et sanglots, la nuit dans la paille près des brebis que des vagues de panique soulevaient brutalement, le faisant se dresser dans un effroi violent, le jour dans les dolines où il cherchait désespérément l'horizon, au-delà des sapins d'un vert sombre et froid, glacé même l'été, pour échapper aux sorcières, aux ogres des légendes dont la vieille, lors de la soupe du soir, lui avait annoncé la venue.

Il avait pour compagnons les chiens, heureusement, bergers bien dressés, qui exécutaient le travail que Jean ne pouvait accomplir, étant plaqué au rocher, afin qu'au moins les titans monstrueux ne surgissent pas dans son dos, ne l'emportent pas pour le dévorer dans leur bauge au sommet du Méjean dont la masse confuse émergeait au milieu des nuages, sentinelle muette d'un monde sans pitié. Et pas le moindre espoir, pas la moindre lumière. Les deux vieux avaient répondu sèchement à la dame de l'Assistance venue voir si le petit fréquentait l'école de Nivoliers :

– Il faut bien aussi qu'il gagne le pain qu'il mange !

Jean Dolin était resté sans jamais connaître la douceur des livres, la caresse du papier, les rêves qu'ils enfantent, les horizons qu'ils ouvrent. De toute façon, il y avait trois kilomètres entre le mas et Nivoliers. Jean aurait eu trop peur de s'élancer dans cet espace inconnu qui s'étendait au-delà des limites du domaine, sur ces drailles où pouvaient surgir les monstres dont les vieux multipliaient les menaces le soir pour mieux le terroriser, l'enfermer, le retenir prisonnier. L'univers pour lui s'arrêtait aux domaines voisins : celui de Joséphine, qui habitait un long mas qui avait dû être une commanderie, ou un refuge pour ceux qui décidaient de traverser cette lune froide, peut-être des pèlerins sur la route de Saint-Jacques, ou des chemineaux contraints de passer là pour prendre l'hiver de vitesse, ou des bergers venus d'ailleurs, d'en bas, du bout du monde.

Elle vivait seule depuis toujours, nul ne se souvenait de l'avoir vue dans la compagnie d'un homme, pas même de passage. Un fusil en bandoulière, noire comme ces corbeaux qui tournaient tout le jour au-dessus de ces désolations funèbres, elle feignait de garder les bornes d'un territoire où il n'y avait plus rien à surveiller. Son grand âge ne l'autorisait plus à s'occuper d'un troupeau qu'elle avait vendu, ne conservant que quelques bêtes, qui, comme elle, allaient mourir de vieillesse. Le magot accumulé depuis quatre-vingts ans était enterré sous son lit, au cœur de la forteresse, sous une trappe lourde comme une porte de prison.

De l'autre côté, tout en haut, au bout d'une draille creusée d'ornières, se dressait le mas d'Amalric Malassagne. C'était un colosse de pierre au visage lisse et rond, aux yeux transparents comme du verre, dont les jambes semblaient des colonnes de temple romain. Les Malassagne vivaient là depuis toujours, c'est-à-dire depuis qu'un aïeul avide de solitude avait bâti les premiers murs, acheté les premières bêtes – trois, quatre brebis –, avec, qui sait, peut-être les sous d'un héritage, ou ceux d'une malle-poste attaquée impunément sur une route de la vallée, un trésor enfoui pendant des siècles et ressurgi sous la pioche d'un maçon de Romagne venu là pour gagner le pain amer de ceux qui ont fui leur pays.

Au fil des ans, les trois moutons étaient devenus trois mille, les quatre murs une sorte de mas fortifié avec tourelle, les cinq hectares cinq cents, en friches, grèzes, rocaille, ravines, combes, pâtures maigres, lavognes, dolines, murs de lauzes, bergeries, que surveillaient trois pastres étiques comme des loups, qui se seraient fait tuer pour leur maître.

Ils n'en avaient jamais eu besoin, car personne ne s'approchait de ces hauteurs où ne battaient que les ailes du vent. Amalric veillait sur une fille unique qu'il avait baptisée Lualda. Elle avait une grande bouche couleur de groseille, des cheveux de lin, des yeux noirs où flambaient des prunelles d'or : la beauté sur la terre. Il en était fou, d'autant qu'elle lui rappelait sa femme, la belle Italienne qu'il était allé chercher Dieu sait où – nul n'avait jamais compris comment il avait réalisé un tel prodige : ramener dans ce désert désolé une femme pareille, dont les pupilles brillaient comme des pépites. Elle était morte alors que Lualda avait six ans. De quoi, au juste ? Mystère ! On a dit qu'elle avait pris froid un hiver, après avoir dansé nue dans la neige, on a dit qu'elle s'était pendue après avoir appris une infidélité d'Amalric, on a dit qu'elle s'était donnée à l'un des pastres, et qu'Amalric ne l'avait pas supporté. Nul n'a jamais appris la vérité, surtout pas les gendarmes, pressés de redescendre après avoir découvert ces énergumènes auxquels ils n'avaient pas réussi à arracher le moindre mot, pas le moindre sourire, pas le moindre soupir.

Le monde du vent, le monde des roches, le monde des secrets. C'est là qu'avait grandi Jean Dolin, guettant la plus infime lumière, le fragile espoir de partir, ne sachant même pas que d'autres vies existaient ailleurs, qu'elles pouvaient être belles, souriantes, douces, si différentes de celle qu'il menait chez ceux qui l'avaient recueilli, pauvre chose qui avait espéré vainement la caresse d'une main, le sourire d'un visage, la parole qui soigne, le regard qui apaise.

2

On les appelait les Eyrand de la Croix. Un couple désespéré de n'avoir pas d'héritier, qui toute sa vie s'était brûlé aux cierges de lumière allumés par les étés, gelé au froid de banquise des longues nuits d'hiver. Avec Jean Dolin, ils avaient cru trouver l'enfant qui leur manquait, mais il était très vite devenu la douleur, le calvaire, l'immensité d'amour qu'ils ne connaîtraient jamais. D'où leur fureur, leur folie, un chagrin grand comme l'univers, de la rancune envers Dieu et le monde, des coups de fusil tirés vers les nuages, des cris dans la nuit, des cordes pendues mais toujours décrochées à temps, y compris de cette croix qui trônait en plein mitan du domaine, étrange et mystérieuse : un défi à la raison, une provocation pour ce couple qui l'évitait soigneusement ou l'accablait d'injures et de blasphèmes.

Jean pliait sous les orages, et, dès qu'il avait mangé sa soupe, s'enfuyait dans la bergerie, retrouvait les brebis, cessait enfin de trembler, oubliait la blouse noire de la vieille, son bonnet de laine effrangé, sa pèlerine rongée par les pluies, ses jérémiades et ses menaces. Il oubliait aussi le bras toujours levé du vieux, un homme au regard fou, sans la moindre once de graisse, aux pommettes aiguës comme des socs de charrue, ses ordres lâchés en chapelets incompréhensibles, les coups qu'il retenait au dernier moment, ne sachant plus, toute colère bue, si cet enfant n'était pas celui qu'il avait perdu, noyé dans une lavogne à l'âge de cinq ans.

Comment Jean avait-il pu survivre à pareille enfance, semblable existence ? Simplement par le fait qu'il avait cru que la vie c'était ça : la peur, les menaces, le froid, la rudesse, la survie et pour seule tendresse : celle des bêtes, chiens ou brebis. Deux fois, pourtant, il avait tenté de s'enfuir. La première à huit ans, mais il s'était perdu, avait erré deux jours et deux nuits avant que le vieux le retrouve et le menace de le faire enfermer dans une prison pour enfants, un pénitencier où il devrait travailler jour et nuit sous le fouet des gardiens chargés de surveiller cette mauvaise graine, ces gosses qui ne savent pas reconnaître la charité qu'on leur fait en les accueillant sous son toit. L'enfant avait gardé de l'aventure une terreur atroce, celle des nuits sans le moindre abri au-dessus de la tête, livré sans défense aux mains monstrueuses qui le frôlaient, alors que, frigorifié, il se pelotonnait en suppliant qu'on l'épargnât.

Quand il eut quatorze ans, un chemineau, qui avait demandé un toit pour la nuit et dormi dans la bergerie, lui avait parlé des plaines et de la mer. Des femmes aussi, des dentelles fragiles, des mains caressantes, de la douceur des lèvres. En bas, où elles vivaient, des voitures roulaient sur des avenues escortées de palmiers, le soleil éclairait de vastes plaines verdoyantes, les gens riaient, on mangeait des melons, des olives, des poissons aux reflets d'argent ; en bas, des gens chantaient, dansaient, embarquaient sur des bateaux blancs pour les Amériques.

– Les Amériques ? s'était étonné Jean.

– Oui, les Amériques : un immense pays de l'autre côté de l'océan.

– De l'océan ?

– De la mer, si tu préfères.

– Qu'est-ce que c'est, la mer ?

– De l'eau, de l'eau et encore de l'eau.

– Une grande lavogne ?

Découragé, le chemineau n'avait pas répondu et s'était endormi. Jean était resté encombré par les mots entendus, ces images entrevues difficilement, si difficilement qu'elles en demeuraient douloureuses, inquiétantes. Après, il avait espéré qu'un autre colporteur s'arrêterait, mais jamais aucun ne vint. Un an plus tard, pourtant, il trouva un livre perdu sur une draille et regarda les images à l'intérieur avec des battements fous dans le cœur.

Qu'est-ce que cela pouvait bien signifier ? Auprès de qui se renseigner ? Certainement pas auprès des vieux, qui lui auraient pris l'objet, l'auraient brûlé, sans doute, dans cet antre noir d'une suie qui semblait avoir déteint sur toutes leurs vieilles hardes. Et ce livre était devenu son trésor. On y voyait des rues de ville, des hommes en costume, des femmes aux robes légères, de grands immeubles lumineux, on y voyait la mer, mais Jean ignorait ce que c'était. Ne sachant pas lire, il ne pouvait pas associer cette image au mot qu'avait prononcé le chemineau, et il se demandait ce que pouvaient bien être ces signes – ces lettres, pauvre enfant –, qui étaient celles d'un alphabet jamais appris. Mais le trésor était resté caché dans la paille, et il l'ouvrait le soir, sous la lampe à saindoux, ébloui dans l'ombre, le serrait sur son cœur avant de s'endormir, ne le lâchait qu'au matin, espérant que la nuit reviendrait vite, lui rendrait les seuls rêves qui avaient pu éclore en lui jusqu'à cet âge-là.

Dès lors, il avait fomenté pour la deuxième fois des idées de fugue : partir, quitter cet univers stérile, abolir la distance entre les images entrevues et lui, trouver les sources du trésor. Il s'y était décidé un matin, avait emmené le troupeau comme si de rien n'était, puis il l'avait abandonné au fond de la plus grande combe du domaine, et il était parti droit devant lui. Il avait traversé le plateau, évité les mas et les bergeries, contourné les langues froides des sapins, suivi la draille qui conduisait vers le sud, atteint enfin le col, plongé dans la vallée, ivre de cet espace ouvert devant lui maintenant, perdu mais fier, heureux d'avoir trouvé cette force qu'il appelait de toutes ses pauvres larmes depuis si longtemps.

Il descendit, rencontra des fermes, puis des hommes au travail, dont il ne s'approcha pas. Il avait emporté son trésor avec lui afin de comparer, le moment venu, vérifier qu'il ne s'était pas trompé, qu'il n'avait pas fait fausse route. Il vit de l'eau, en bas, entre les frondaisons, s'étonna du vert tendre des arbres, aperçut les tuiles romaines d'une ville aux maisons groupées autour de son clocher, et il pressa le pas. Il ne reconnut rien de ce que montrait le trésor : trop peu d'eau, peu d'hommes dans les rues, quelques femmes, mais trop différentes de celles des images. Exténué, il s'assit sur une murette au-dessus de la rivière, observa le courant, devina quelques formes furtives, des éclairs vif-argent, ne comprit pas qu'il s'agissait des poissons dont lui avait parlé le chemineau. Comment nommer ce que l'on n'a jamais vu, si, de surcroît, l'on ne connaît pas les mots qui le désignent ?

Il eut faim, n'osa pousser la porte des maisons, erra dans les rues ; quelqu'un lui parla, mais il ne sut que répondre. Plus loin, il ouvrit son livre, le referma. Ce n'était pas là : il s'était trompé. Désespéré, il reprit la route du plateau à la tombée de la nuit, se perdit, dormit dans une étable un peu avant le col, repartit au matin, tourna longtemps sur l'immensité grise, trouva la draille, la suivit, arriva au mas épuisé, fila directement dans la bergerie où le fouet du vieux le réveilla une heure plus tard. La morsure fut si douloureuse qu'il se dressa et s'empara d'une fourche. Pour la première fois, il découvrit la peur dans le regard du maître.

– N'y reviens pas ! fit le vieux.

Mais il partit, et le soir, à l'heure de la soupe, ni lui ni la vieille ne lui firent le moindre reproche. Ce ne fut pas nécessaire. Le rêve de Jean avait été brisé. Il faudrait encore des années avant que les portes ne s'ouvrent devant lui, et non de sa propre initiative, mais de celle des gendarmes montés le chercher pour répondre à la feuille de route de l'armée que les vieux avaient jetée au feu, comme la précédente d'ailleurs, et toutes celles qui étaient censées le concerner. Cet enfant était à eux : ils en avaient déjà perdu un, on ne leur prendrait pas celui-là.

La bataille, alors, fut rude entre les représentants de l'ordre et les rebelles à toute autorité. Ils furent contraints de dégainer leurs armes, d'entraîner de force Jean, qui ne savait quoi penser, de tirer en l'air devant les pétoires brandies par les deux vieux. Mais qu'est-ce que cet enlèvement pouvait bien signifier ? Jean ne cessa de s'interroger sur la route de la vallée qu'avait empruntée la voiture des gendarmes où ils l'avaient poussé en toute hâte, par crainte d'une rafale vengeresse. On était en juillet, la lumière de la plaine cascadait entre les arbres et le bleu du ciel n'avait jamais été aussi clair, aussi vaste, aussi beau qu'une promesse. Au moins, cette fois, Jean n'était pas seul. Des hommes lui parlaient, et même s'il ne comprenait pas tout, il ne tremblait pas en leur présence, dans la fourgonnette noire qui, ce 10 juillet 1938, l'emportait vers une existence qui lui avait toujours paru interdite.

Cependant, les choses, en bas, se compliquèrent, quand on voulut lui faire compléter la fiche de renseignements le concernant. Il connaissait son nom, mais pas sa date de naissance qui, pourtant, figurait sur la fiche d'état civil fournie par l'Assistance.

– Tu sais lire ? demanda le brigadier.

– Lire ? fit Jean.

– Tu sais écrire ?

Jean ne répondit pas. Abasourdi, le brigadier reprit :

– Tu es allé à l'école, là-haut ?

– Non. Pas d'école.

Le gendarme relut la fiche d'état civil : né de père et de mère inconnus le 6 mai 1919. Était-ce possible ? Comment cet enfant avait-il pu pendant si longtemps échapper aux mailles du filet de la République ? Il se promit de faire une enquête, précisa :

– Tu vas être incorporé à Toulouse.

– Oui, dit Jean.

– L'armée, tu comprends ? Et peut-être la guerre.

– La guerre ?

Le brigadier soupira, renonça à poursuivre l'interrogatoire. Il fit un signe au gendarme qui le remplaça, observa avec perplexité cet homme grand et maigre, aux cheveux longs rejetés en arrière au-dessus d'un immense front, aux yeux gris, vertigineusement vides, effrayants de fragilité, de douceur naïve, et dit à Jean :

– On va te conduire à Millau, et de là, à Toulouse, au 153e régiment d'infanterie.

– Oui, dit Jean.

– Tu as faim ?

– Un peu.

Il mangea en regardant de tous ses yeux autour de lui, hésitant entre la crainte et l'espoir : n'allait-on pas le ramener là-haut, l'abandonner à son sort, une fois de plus ? N'allait-il pas retrouver définitivement les pierres et les nuages, les bêtes comme lui douloureuses, la paille de sa bergerie, la soupe et le lard maigre des vieux, les effrois de l'enfance ? Il s'aperçut qu'il avait oublié son trésor : le livre d'images. Deux larmes coulèrent sur ses joues.

– T'en fais pas ! dit le gendarme en se méprenant : deux ans, c'est vite passé, tu y remonteras, là-haut, dans tes nuages !

3

DEUX ANS plus tard, ce n'était plus le même homme qui remontait sur le plateau pour tenter de savoir de qui il était né, et comment, et pourquoi. Il était nu, comme il était parti, sans le moindre sou, portant sa seule richesse sur son dos, mais il avait appris à lire, ou à peu près, et signer son nom : Jean Dolin, né de père et de mère inconnus. Les cheveux courts, à présent, mais toujours aussi maigre, grand, sec, le front toujours aussi haut, les mêmes yeux d'enfant perdu, malgré ce qu'il avait vécu. Pourtant, l'heure n'était plus aux souvenirs du vaste monde, ce matin-là : il voulait comprendre, et après il redescendrait. Il se l'était promis.

Il retrouva les drailles et les dolines avec un pincement au cœur, s'arrêta un moment près d'une lavogne à l'eau croupie, faillit renoncer à l'idée de ses chaînes si difficilement brisées, ces fantômes hurlants qui le hantaient encore chaque nuit. N'allait-il pas être condamné de nouveau à vivre sur le plateau et à les combattre sans la moindre arme dans les mains ? N'allait-il pas subir une loi nouvelle inventée en son absence pour mieux le retenir ? Non, il avait de la force aujourd'hui, il se l'était forgée, là-bas, dans les casernements et sur les routes de l'exode où il avait affronté d'autres périls, d'autres menaces. Il avait appris à se battre, il avait lutté, il s'était heurté aux hommes et aux avions, il était seul une nouvelle fois, mais il se sentait plus fort.

Des lacs de fleurs frissonnaient dans les dolines, le ciel pesait de tout son poids sur le gris cendré des roches séculaires, la même odeur de suint stagnait sur le plateau désert, vestige d'une époque qui lui paraissait immensément lointaine et terriblement présente. Il lui semblait qu'il avait beaucoup marché, qu'il ne devait pas être loin de l'antre redouté. Il monta sur l'éminence du haut de laquelle on découvrait le domaine des vieux, et il aperçut un homme assis en bas, au bord de la draille. Il s'approcha du pastre qui, étrangement, ne gardait pas de moutons. De longs cheveux blancs dépassaient du chapeau délavé par toutes les pluies de la terre, un long manteau couvrait les maigres épaules, des mains aux veines tendues comme des cordes reposaient sur un bâton de buis, des yeux sans couleur tentaient de se lever vers Jean, qui s'immobilisa peu avant que le fantôme ne parle :

– Halte ! Où vas-tu comme ça ?

– Chez les vieux. Les Eyrand. Je les connais : j'y ai travaillé près de vingt ans.

L'homme se dressa péniblement, vint près de Jean jusqu'à le toucher, comme s'il n'y voyait pas très bien.

– Sont morts, les vieux. Ça fait un an.

– Ah ! fit Jean, à la fois déçu et soulagé.

– C'est à Amalric Malassagne tout ça, maintenant, fit le vieux, et moi je garde.

– Qu'est-ce que tu gardes ?

– Les limites. Il me nourrit pour ça. Je surveille.

Jean remarqua que le vieux tremblait sur ses jambes, le prit par le bras, le fit asseoir sur la roche en disant :

– Si les deux vieux sont morts, j'irai pas plus loin.

– Tu es brave, petit. Tu peux t'asseoir aussi. Amalric ne viendra pas aujourd'hui, il est parti à trois heures du matin dans les Cévennes, là-bas, pour trois jours.

Et il montra, très loin sur sa gauche, la masse noire d'énormes collines qui moutonnaient jusqu'à se fondre dans un horizon de velours bleu nuit.

– Qu'est-ce qu'il va y faire ? demanda Jean en posant ses fesses sur la roche froide et en tirant de sa musette une bouteille de vin.

– Il devient fou, mon pauvre.

Jean but à la régalade, tendit la bouteille au vieux qui refusa de la tête et dit :

– Je peux plus boire, à présent : j'ai trop aimé le vin et j'en souffre à mon âge.

Ils se turent, regardant devant eux, vers le sud, l'écume blanche qu'avait abandonnée en grimpant le soleil. Même haut, c'était à peine si l'astre neuf du matin parvenait à teinter la désolation livide, terrible et solennelle, qui semblait s'ingénier à dissimuler le derme blond des dolines.

– Alors tu connaissais les Eyrand ? interrogea le vieux.

– Oui. Je suis Jean.

Et, comme le vieux paraissait chercher dans sa mémoire :

– Je suis resté chez eux jusqu'à l'âge de dix-neuf ans.

– Et tu voulais y revenir ?

– Non. C'est pas pour ça que je suis monté.

– T'as fait la guerre ?

– J'ai beaucoup marché.

– T'as vu des avions ?

– Oh ! Pour ça, j'en ai vu !

– De ceux qui envoient des bombes ?

– Oui ! Et de vraies bombes.

– Oh ! Pauvre ! T'as dû avoir peur.

– J'ai pas eu le temps, dit Jean.

Le vieux soupira, murmura :

– Moi, j'ai peur tous les jours.

Jean se tourna vers lui et il devina qu'il avait trouvé plus faible que lui, plus petit, plus souffrant.

– Il est fou, Amalric, tu comprends ? Il est fou, il crie, il hurle, il se tape la tête contre les murs, il la cherche.

– Qui donc ?

– Sa fille : Lualda. Après sa femme, c'est elle qui s'est enfuie.

Il soupira de nouveau, ajouta :

– Que veux-tu que des femmes aussi belles fassent ici, sur ces terres perdues ? Elles rêvent, les femmes, tu sais ?

– Tu les connais bien, les femmes, toi ? demanda Jean.

– Non, je les connais guère, mais je sais qu'elles rêvent. Ça se voit dans leurs yeux.

Et il reprit, avec une sorte de fatalité dans la voix :

– Alors elles s'en vont. Souvent très loin.

Il prit un air mystérieux, poursuivit :

– On dit que celle-là est partie dans un pays d'Afrique, par-delà la mer, et qu'elle soigne les malades.

– Quels malades ?

– Les lépreux.

– Les lépreux ?

– Oui. C'est ce qu'on dit. Mais Amalric veut pas le croire... Alors il la cherche.

Jean demeura pensif un moment, observant le vol lent d'un rapace qui tournait inlassablement au-dessus du sommet terrible et solennel, puis il murmura, sans même y songer :

– Moi aussi, j'en cherche une.

– Ta femme ?

– Non. Ma mère.

– Ta mère ? fit le pastre, incrédule.

Jean ne réagit pas tout de suite. Il n'avait guère envie de se confier et pourtant il répondit malgré lui :

– Je suis de l'Assistance. On m'a trouvé dans une doline, ici, sur le Méjean, il y a vingt et un ans.

– Oh ! Pauvre ! fit le vieux. Alors, c'est toi, le petit Jean ? Je te remettais pas.

Et il poursuivit du bout des lèvres :

– Chez Amalric, on t'appelait l'enfant des dolines. Tu étais toujours caché dans les creux, comme si tu avais peur.

– J'avais peur, dit Jean.

– Il y avait de quoi ! Je les aimais pas, les Eyrand. C'étaient de mauvaises gens. Tout le monde le savait sur le plateau. T'as dû en avoir de la misère !

– Aujourd'hui, c'est fini.

– À la bonne heure !

Jean réfléchit un instant, puis :

– Quel âge as-tu, toi ?

– Je sais pas trop. Après tant d'années, tu sais, on perd un peu le compte.

– Tu as toujours vécu ici ?

– Presque. Je suis monté jeune, d'en bas : Sainte-Croix-Vallée-Française. Je devais avoir douze ans. On était trop nombreux, tu comprends ? Dix frères et sœurs, c'est beaucoup. Alors je suis parti gagner mon pain : c'était la coutume à l'époque.

Le vieux se tut, se gratta le front, reprit :

– Qu'est-ce que tu voulais qu'on fasse ?

Jean approuva de la tête, puis il demanda :

– C'était en quelle année ?

– Je saurais pas te dire. Je me rappelle plus.

– En 1919, tu étais là ?

– Oui, j'étais là.

– Chez Amalric ?

– Oui.

– Et t'aurais pas souvenir d'une femme qui aurait été grosse et qui l'aurait caché ?

– Non. Je vois pas.

– Ah ! fit Jean, c'est dommage.

Ils restèrent un moment silencieux, puis le pastre murmura comme en confidence :

– Je comprends que tu veuilles savoir. On veut toujours savoir, mais parfois il vaudrait mieux pas.

– Pourquoi tu me dis ça ? fit Jean, surpris par ce ton nouveau. Tu sais quelque chose ?

– Il y en avait beaucoup, des femmes jeunes dans les mas, et elles n'avaient pas la vie facile en face des maîtres, des pastres, des chemineaux de passage et des saisonniers qui montaient pour les foins dans les dolines.

– T'en as connu, toi ?

– Oui. Chez Amalric.

– Elles s'appelaient comment ?

– Je me souviens pas, mon pauvre !

– Et tu t'es jamais marié ?

– Non. Et pourtant chez Amalric il y en avait une qui était bien à mon goût. Brune, grande, un front de Sainte Vierge, du velours dans les yeux, mais on ne pouvait pas s'en approcher.

– Pourquoi ?

– Pourquoi ? Pourquoi ? Tu le sais bien pourquoi ! Amalric voulait tout : les femmes, les filles, les servantes, les tâcheronnes, tout le monde à sa volonté. C'est pour cette raison qu'elle s'est enfuie l'Italienne. Elle n'a pas supporté.

– Mais cette servante, la brune, la Sainte Vierge, tu sais comment elle s'appelait ?

Le vieux se leva, fit face à Jean, puis :

– Tu te fais du mal pour rien.

– Dis-moi seulement comment elle s'appelait. Après, je m'en irai.

Le vieux s'assit de nouveau, chercha dans sa mémoire, souffla :

– Enora.

– Enora ?

– Oui. Enora.

Et le vieux répéta :

– Te fais pas des idées, va ! Il y en avait des filles, à cette époque, sur le Méjean ! Et toutes plus belles les unes que les autres !

Jean ne répondit pas : quelque chose au plus profond de lui venait de se dénouer. Même s'il n'avait pas trouvé sa mère, elle pouvait au moins à présent, dans sa tête, ressembler à quelqu'un. Il n'en demandait pas davantage.

– Qu'est-ce que tu vas faire, maintenant ? interrogea le pastre. Chercher une place ici ?

– Non ! Je vais redescendre. Aujourd'hui même.

– Tu as raison. Reste pas là.

– Ça risque pas. J'en ai assez du vent et des nuages. Je veux de l'eau et de la lumière, à présent.

Il hésita, ajouta :

– J'ai vu le monde, tu comprends ?

– Je comprends.

– Mais toi, pourquoi tu ne t'en vas pas ?

– Où veux-tu que j'aille, à mon âge ? Je peux plus travailler. Amalric me donne à manger pour surveiller les bornes. Je dors dans l'une des bergeries, et j'ai pas froid l'hiver. Qu'est-ce que tu veux que je souhaite de plus ?

Il ferma les yeux, passa sa main droite sur ses paupières, les rouvrit, puis il reprit :

– C'est trop tard, pour moi, mais si j'avais vingt ans, je m'en irais, comme toi.

Jean se leva, assura sa musette sur son épaule, tendit la main.

– C'est comment, ton nom ?

– Séverin.

– Alors, adieu Séverin.

– Adieu ! Va-t'en vite !

Jean fit quelques pas, mais le vieux l'appela :

– Attends, dit-il, attends !

Le vieux s'approcha, hésita, puis :

– Tu sais, dit-il, cette Enora, elle était un peu simple, et moi je la protégeais. Mais j'ai pas pu la protéger de tout. Il faut me croire. J'ai essayé, mais j'ai pas pu.

– Simple, tu dis ?

– Oui. Avec des yeux très doux.

– Et elle a attendu un enfant ?

– Oui. Mais elle l'a caché. Il n'y avait que moi qui savais.

Jean s'assit sur une roche qui émergeait d'un éboulis, comme s'il avait les jambes coupées. Le vieux l'imita, ne dit mot.

– Est-ce que tu sais ce qu'elle est devenue ?

– Oui.

– Elle est en vie ?

Le vieux eut un soupir, puis murmura :

– Non. Elle est morte il y a une dizaine d'années, d'une pneumonie.

– Ah ! dit Jean. J'aurais bien voulu la connaître.

– J'ai fait tout ce que j'ai pu pour elle. Je l'aurais même mariée, mais Amalric ne voulait pas. C'était lui, le maître.

– Ah ! fit Jean de nouveau.

Il sentait son cœur battre dans sa poitrine, n'osait poser l'ultime question qu'il retenait , mais il finit par lâcher :

– Est-ce que tu sais où elle repose ?

– Oui. Nous n'étions que deux à l'accompagner : le curé et moi.

Il se tut un bref instant, reprit :

– Dans le petit cimetière de Nivoliers. Au fond, à droite. La dernière tombe. Il y a encore une croix. Je m'y suis rendu chaque année à la Toussaint, tant que j'ai pu.

– Je vais y aller, dit Jean.

Il remercia Séverin, hésita, puis il fit demi-tour et s'éloigna de quelques pas.

– Attends ! dit encore Séverin.

Jean revint vers le vieux qui lui prit le bras et lui dit :

– Repasse par ici avant de redescendre. Je te donnerai quelque chose. Le temps que tu reviennes, j'ai le temps d'aller à la bergerie et de retourner.

Il ajouta, comme Jean hésitait :
– Tu me trouveras là.
– Entendu ! dit Jean.
Il s'en alla.

Parvenu au grand croisement des deux drailles principales, au lieu d'aller à droite, vers la vallée, il prit à gauche en direction de Nivoliers. Le soleil faisait crépiter l'herbe rase d'où giclaient des sauterelles affolées d'entendre des pas dans ce désert calciné. L'odeur de pierre sèche et de suint qui l'avait accompagné pendant de si nombreuses années envahissait de nouveau Jean, l'oppressait, le renvoyait vers un passé qu'il voulait fuir. Mais avant, il fallait aller au bout de ce chemin, endormir la douleur qui n'en était pas tout à fait une, car un visage, désormais, tremblait devant ses yeux. « Enora, se répétait-il, Enora. » Et il marchait d'un bon pas, en ce midi recuit de soleil, vers les toits de lauzes grises qu'il apercevait là-bas, au loin, à quelques kilomètres, mais que rien, pas le moindre ressaut de terrain, pas la moindre doline, pas la moindre langue de sapin, ne soustrayait à sa vue.

Étant habitué à marcher longtemps et vite, il eut tôt fait de couvrir la distance qui le séparait du hameau tapi comme une bête au flanc d'un coteau pour se protéger du vent. Personne dans les ruelles. Les habitants devaient manger, sans doute, ou alors, s'ils gardaient les troupeaux trop loin, ils ne rentraient pas à midi. Il devina sur sa droite des murs de pierres sèches, prit cette direction, trouva le cimetière dont la grille d'entrée grinça mais s'ouvrit en grand. Une douzaine de tombes couvertes de ciment, d'autres de gravier, de terre brute ; des croix, des noms, des allées pleines de fleurettes, un silence d'éternité profonde.

Jean sent son cœur redevenir fou, il avance jusqu'au bout de l'allée, au fond, à droite : un petit monticule de terre, d'une largeur d'un mètre, long de deux, une croix de bois qui penche d'un côté, et que, tout de suite, comme dans un geste de survie, il redresse. Puis il ne bouge plus et il regarde la terre, la croix, il écoute le silence lui parler de cette femme qu'il n'a pas connue, mais dont il est persuadé, là, maintenant, qu'elle était sa mère. Il essuie ses yeux soudain humides. Cela ne suffit pas. Il veut plus. Il lui faut davantage de présence, de proximité avec celle qui dort là, devant lui, et à qui il ne trouve pas la force de parler. Alors, après avoir vérifié qu'il est seul, que personne ne le voit, il s'allonge contre cette terre qui le sépare encore de celle dont il a rêvé si souvent, il écarte les bras, pose sa tête contre elle. Il ferme les yeux, respire bien à fond, se saoule de cette chaleur de terre brûlée qui est plus que la vie, à cet instant précis : un corps qui l'enveloppe dans ses bras – ces bras qui lui ont tant manqué pendant si longtemps.

Pour un peu, il s'endormirait. Mais un aboiement de chien dans les ruelles le ramène à la réalité, il se redresse, il sourit.

– Tu es bien, là, dit-il.

Comment partir ? Comment la quitter après l'avoir tant espérée ? Il le faut. Séverin doit l'attendre. Jean s'avance vers la croix, s'assure qu'elle est bien ancrée dans le sol, il s'agenouille, cherche d'autres mots, vainement. Pourtant, ils sont là, tout près de ses lèvres, mais ils ne sortent pas car il ne sait pas comment lui parler, il ne la connaît pas encore assez. Bientôt, peut-être.

Devant tant d'impuissance, tant de chagrin et de bonheur, il finit par repartir, suivit la draille qui tremblait sous le soleil avec des frissons d'huile, la tête bourdonnante, la vue brouillée, mais sans s'arrêter une seule seconde, sinon pour boire un peu de ce vin coupé d'eau qu'il portait dans sa musette. Une heure plus tard, il retrouva Séverin à l'endroit convenu. Le vieux vint à sa rencontre, demanda :

– Tu l'as trouvée ?

– Oui, dit Jean.

Il ajouta, d'une voix d'enfant :

– Elle est bien là-bas. Elle pourra m'attendre.

– Oui, dit Séverin, je crois.

Il tenait dans sa main droite un objet emballé dans du papier journal.

– Tiens, dit-il, c'est pour toi !

– Qu'est-ce que c'est ?

– Ouvre, tu verras.

Jean fit glisser le papier, découvrit un portrait de vingt centimètres sur dix dans un cadre de bois clair, et il sentit ses jambes se dérober sous lui en apercevant le visage d'une femme brune, avec des yeux immenses et un grand front, qui n'était pas parvenue à sourire devant le photographe. On lisait de la crainte dans ce regard, une fragilité extrême, une sorte de renoncement – non pas à vivre, mais à lutter pour vivre.

– C'est elle ? demanda Jean.

– Enora, dit le vieux. Un photographe ambulant était monté sur le Méjean, elle devait avoir un peu moins de trente ans. J'ai gardé des affaires après sa mort, mais il ne me reste que ça aujourd'hui. J'ai donné les frusques à une femme du mas.

Et, aussitôt, avec un geste ample du bras :

– Elle est à toi, à présent.

– Merci, dit Jean.

Il porta la photo vers sa bouche, mais n'osa l'embrasser, puis il l'enfouit précipitamment entre sa chemise et sa peau, et dit gravement :

– Elle n'aura plus peur, là, contre moi.

– Non, fit le vieux. Jamais.

Et, en s'asseyant de nouveau, comme s'il ne pouvait tenir longtemps sur ses jambes :

– Va-t'en, maintenant ! Ne reste pas là. Redescends !

– Merci ! répéta Jean en demeurant immobile, ne se décidant pas à quitter Séverin.

Puis :

– J'ai vraiment eu de la chance de te trouver sur mon chemin.

– Non, pas de la chance, dit le vieux. Tu es né là. Elle était là et moi aussi. On devait se rencontrer un jour.

Jean hocha la tête, demanda :

– Tu m'as tout dit ? C'est sûr ? Mon père ?

– C'est pas moi.

Séverin ajouta, avec un soupir :

– J'aurais bien voulu, mon pauvre, mais c'est pas moi : j'avais pas le droit.

– Alors ?

– Tu sais tout ce qu'il faut savoir. Va-t'en vite !

Jean fit un pas vers le vieux, le serra dans ses bras, s'écarta, puis, le cœur plein d'un amour immense et douloureux, il s'en alla sans se retourner.

L'ORAGE

4

Les derniers mots du vieux l'accompagnèrent un long moment, puis il s'arrêta à plusieurs reprises pour contempler le portrait et, enfin seul, il l'embrassa. Il s'aperçut alors qu'il suivait la draille sur laquelle l'avaient emmené les gendarmes deux ans plus tôt. Jean devina qu'il allait revivre aussi ce chemin-là, que c'était une nécessité pour tenter de comprendre ce qu'il était devenu en si peu de temps et ne pas se perdre, ne pas oublier le Jean d'avant, réduire la fracture ouverte en lui comme un aven du causse, gouffre béant dans lequel, constamment, il avait redouté de basculer. Trop de choses, trop d'hommes, trop de lieux, trop d'événements en trop peu de temps l'avaient dévasté, et même s'il était devenu moins fragile, il se heurtait à trop de questions, de mystères impossibles à percer, d'abîmes vertigineux creusés sous ses pieds.

Mais il pouvait aller moins vite, désormais, mesurer

chaque pas, assurer son pied, profiter de la liberté retrouvée pour reconstituer le puzzle dont il n'avait jamais réussi à assembler les images. Et commencer par le début : les gendarmes, la fourgonnette Peugeot qui l'emportait il ne savait où. Le soleil, aujourd'hui comme hier, était haut dans le ciel mais le vent balayait sa lumière qui ne parvenait pas jusqu'au sol, même en cette saison où l'on espérait, vainement, oublier les frissons de l'hiver.

Le gendarme, en face de Jean, ne parlait pas. Les coudes sur ses genoux, il levait de temps en temps la tête vers l'énergumène assis face à lui, se demandant pourquoi cet homme avait un si vaste front, des yeux si immenses et si peu de mots pour la parole. Et ce sourire, mon Dieu ! Ce sourire ! Pourquoi exprimait-il à la fois de la souffrance et une si naïve confiance ? Jean, de son côté, n'avait pas vraiment peur de ce qui l'attendait. L'espoir était en lui : arraché au vent, aux nuages perpétuellement endeuillés et aux roches froides, peut-être allait-il connaître enfin les rivages entrevus, les douceurs d'âme, les vastes plaines, les eaux libres et bleues.

Le choc fut rude, d'abord à Millau, où il découvrit la ville, les hauts murs, les voitures, le vacarme, les cris, la foule au sortir des mégisseries, les hommes étranges de son âge. Ce monde lui parut immense, pas du tout à sa mesure, et pour tout dire : bien plus inquiétant que celui qu'il venait de quitter. Et Toulouse davantage encore : dans cette ville plus grande, plus rouge, plus bruissante d'une animation incessante, redoutable, enfin, il se sentit cerné, incapable d'en ressortir seul, définitivement éloigné des nuages et du vent.

À la caserne, les recrues n'en revenaient pas de découvrir un homme aussi nu, aux mains nues, au regard nu, qui les dévisageait avec un sourire venu du fond de son âme d'enfant, lavée de toute volonté, de tout mauvais vouloir. Heureusement, à Millau comme à Toulouse, Jean avait aperçu de l'eau : celle du Tarn puis celle de la Garonne qui étincelaient sous le soleil avec des éclats de lumière jamais entrevus – l'eau qu'il avait cherchée, lui semblait-il, lors de ses deux vaines et tristes fuites. Il se dit qu'il y avait là une porte ouverte vers l'inconnu, et mieux encore : une beauté accessible, à portée de regard. En outre, même si les ordres aboyés par les gradés le renvoyaient souvent à son enfance, il n'était plus seul, aujourd'hui, et cette compagnie, au moins, le délivrait de cette atroce solitude dans laquelle il avait vécu.

Certes, il dut faire face, les premiers jours, aux brimades de ceux qui savent reconnaître d'emblée une victime désignée, les faibles qui découvraient plus faibles qu'eux et se vengeaient de tout ce qu'ils avaient subi ; les sournois abrités derrière leur fourbe duplicité, les dominants qui tentèrent de le réduire en esclavage et y parvinrent pendant une semaine, jusqu'à ce qu'un homme se lève, un vrai, un homme qui n'avait peur de rien et qui n'accepterait jamais d'être complice des lâchetés, des laideurs, des misérables bassesses de ces lieux.

Un soir, alors qu'on contraignait Jean à quelque dégradante besogne, l'homme le prit par le bras, le conduisit près de son lit et lui dit :

– Installe-toi là. Il n'y a personne. Ce sera ton lit. Tu n'as plus à avoir peur. Je suis là.

Il l'aida à porter son paquetage depuis l'extrémité de la chambrée, à faire son lit, et il ajouta :

– Je m'appelle Julien Fabre. Je suis maître d'école. Tu peux compter sur moi. Je t'apprendrai.

C'était un colosse aux yeux étranges avec des prunelles cerclées d'or, aux bras énormes, au visage épais, creusé de rides profondes, très brun, dont tous, dans la chambrée, avaient deviné la force et le courage. Nul ne s'opposa à sa décision de prendre Jean près de lui : ni le caporal de chambrée, ni l'adjudant qui avaient croisé le regard d'aigle plein de défi muet, ni les petits tyrans qui avaient cru pouvoir devenir un peu plus grands que leurs âmes minuscules.

À partir de ce jour, Jean ne cessa pas de sourire : l'homme dont il avait rêvé existait bien, ce frère imaginé les nuits de grande peur, quand ses mains se tendaient dans l'ombre, qu'il le suppliait de venir, de l'aider, de le prendre dans ses bras. Il avait tellement espéré un tel regard, une telle présence, que plus rien, ni les manœuvres de nuit, ni les corvées, ni les ordres hurlés dans la cour ne lui furent douleur.

Fabre lui fit raconter sa vie, là-haut, sans plaisirs, sans douceur, sans école, et les deux vieux, la bergerie, les nuages et le vent. Jean devina la colère, la fureur de l'homme quand il parla du livre inutile, des images perdues, de sa vaine fuite, du renoncement.

– Je t'apprendrai, répéta-t-il.

Jean ne le quitta plus : même lors de manœuvres dans les montagnes de l'Ariège – montagnes froides, au vent coupant comme celui du plateau – il accorda son pas au pas de l'homme qui l'avait adopté, ne s'éloigna jamais d'un mètre, ne le perdit pas une seconde du regard. Et toutes les années ensanglantées de vives blessures, les jours de tristesse infinie, les peurs atroces des nuits s'évanouirent. Il se sentit reconnu pour ce qu'il était seulement, c'est-à-dire rien, mais respecté enfin, digne de vivre comme ceux dont il partageait la vie, désormais – réconcilié avec le monde.

Fabre ne parlait guère, mais c'était bien plus beau, cette parole mesurée, ce secours permanent, c'était... comment aurait dit Jean, avec le peu de mots qu'il possédait ? La fin de la nuit, peut-être, ou la blondeur des dolines en juin, la flamme qui réchauffait ses mains les jours de grand gel, quand il ne cessait de trembler. D'autant que Fabre n'était pas homme à ne pas tenir parole. Un soir, il sortit un livre de sa valise : non pas celui que Jean avait trouvé, mais un livre de lecture emprunté à l'école pour ne pas l'oublier, la faire renaître en lui malgré la distance, continuer de vivre en quelque sorte. Jean en fut étonné, subjugué : il en existait donc plusieurs ?

– Bien sûr ! dit Fabre. Des milliers.

L'immensité de ce qui lui était révélé faillit décourager Jean, mais Fabre ne lui en laissa pas le temps. De retour de manœuvres, chaque soir, patiemment, il lui montra les lettres, puis les mots, et personne ne s'avisa d'en rire ou d'en plaisanter, car le regard d'aigle se levait sur la chambrée, tandis que le doigt désignait la lettre ou le mot pour l'apprenti, penché sur le trésor retrouvé, submergé d'un bonheur indicible qui faisait couler parfois sur la page une larme que Fabre feignait de ne pas remarquer. Ainsi passa un hiver dans la tiédeur des poêles et des corps alanguis, les saluts au drapeau dans les aubes pâles, les corvées ridicules, les exercices destinés à renvoyer les hommes vers une obéissance primitive, comme des grands enfants dénués de raison, des êtres sans volonté.

Les rumeurs de guerre s'endormirent pour mieux se réveiller au printemps, mais Jean ne s'en souciait guère : chaque jour était devenu une fête. Il était incapable d'accorder la moindre attention aux conversations qu'il entendait au sujet de l'occupation de Prague, de Dantzig et du « corridor polonais ». Cet Hitler, dont le nom ne cessait de revenir dans les propos des soldats, ne lui paraissait pas plus redoutable, aujourd'hui, que les monstres de son enfance dont il avait fini par triompher. La seule question qu'il se posait, et qui occupait son esprit, était de savoir si la guerre, un jour, pouvait le séparer de Fabre.

– Non ! répondait celui-ci. Nous faisons partie de la même compagnie et du même régiment. Il ne faut pas t'inquiéter.

Le printemps bascula vers l'été dont la chaleur réchauffa Jean définitivement. Jamais là-haut, sur le Méjean, il n'avait eu aussi chaud, même aux plus beaux jours de juillet. Le 153e régiment d'infanterie – auquel appartenaient Jean et Fabre – gagna la montagne pour d'ultimes manœuvres en juin, mais les nuits ne vinrent jamais lui rappeler combien ses os avaient souffert du froid, jadis, il y avait, lui semblait-il, très longtemps, de l'autre côté du monde, sur le premier versant de sa vie.

Pour son corps habitué à souffrir, les marches exténuantes de nuit comme de jour ne provoquaient aucune fatigue, d'autant qu'il possédait aujourd'hui une plus haute richesse, un remède capable de le guérir de tout : il savait lire son nom, en épeler les lettres, D.O.L.I.N, et il savait signer. Il était né, enfin, il existait vraiment, et la présence tutélaire qui veillait sur lui endimanchait les heures et les jours, l'accompagnait sur ce nouveau chemin où il avait grandi en quelques mois plus qu'au cours de ses vingt premières années.

Aussi la déclaration de guerre de septembre ne suscita en lui aucun écho, aucune crainte, pas même au moment de grimper dans le wagon qui devait le conduire vers d'autres horizons, ceux-là mêmes qu'il avait tellement espérés au temps où ses petites jambes pouvaient à peine le porter.

5

Il fut heureux de découvrir le vaste monde dont il avait soupçonné l'existence, de voir s'ouvrir les crêtes noires, d'apercevoir l'immensité promise par le ciel à la courbure du plateau, la verdure des plaines escortées de fins peupliers, les collines aimables au vert pâle si différent de celui des sapins dressés sur le plateau. Fabre lui épela le nom des villes et des lieux traversés : Brive, Bourges, Auxerre, et, plus loin, plus haut, la vallée de la Meuse, Vaucouleurs, Domrémy, le lendemain, un village endormi derrière la ligne Maginot, entre Metz et Thionville, puis, miracle, toute proche une rivière d'eau vive : la Moselle. Chaque minute était surprise, émerveillement. C'était donc ça, la guerre ?

Jean, muet, les yeux plus grands ouverts que jamais, ne perdait rien de cette richesse nouvelle, des couleurs rousses et dorées, des forêts assoupies dans les lents préparatifs de l'automne, des routes, des vallons, des coteaux, d'un ciel neuf, chargé d'une mélancolie inconnue, qui enrobait son cœur d'une laine plus douce que celle des brebis dans laquelle il avait enfoui sa tête d'enfant.

Il présentait les armes, il vaquait aux corvées, il aidait à dresser les canons en position antiaérienne lors des exercices, puis chaque soir Fabre ouvrait le livre, montrait, expliquait, et Jean assemblait les lettres d'une voix de plus en plus assurée. Où se terrait la guerre ? On était parti à la rencontre d'un ennemi introuvable et on semblait le chercher, vaine quête dont l'absurdité préfigurait déjà l'issue tragique du printemps à venir.

Le régiment embarqua de nouveau dans une petite gare pour la forêt de l'Argonne, puis Crépy-en-Valois, Reims, Soissons, il cantonna dans un village appelé Lévignen, sur la route de Compiègne à Paris où la compagnie construisit des positions antiaériennes à côté de la ligne de défense antichar. C'est là que, mi-novembre, ils reçurent la feuille de route d'une permission de dix jours, et alors Fabre demanda à Jean où il comptait aller.

– Je sais pas. Je vais rester ici et attendre.

– Non ! dit Fabre. Je t'emmène avec moi.

Ils partirent par le train, et ce fut Reims, Dijon, Lyon, Montpellier, des heures interminables durant lesquelles Fabre ne disait pas un mot, considérant

Jean en silence, comme s'il ne parvenait pas à croire que puisse exister un être pareil : ce grand enfant égaré incapable de se défendre, symbole inacceptable, à ses yeux de maître d'école, de l'humanité ignorante et souffrante.

– Où va-t-on ? finit par demander Jean, le deuxième jour, à l'approche du soir.

– À Saint-Marcel, chez mes parents, dans l'Aude. Ils sont vignerons.

Et, Jean paraissant ne pas avoir compris :

– Ils travaillent la vigne. Mon frère est resté avec eux, à la propriété. Moi, je suis maître d'école, je te l'ai dit, un peu plus bas, à Marcorignan, sur la route de Narbonne.

Ils arrivèrent un peu avant la nuit dans une maison avec un haut porche à l'entrée du village : une cour intérieure, une cave, un chai, un homme et une femme à la peau brûlée par un soleil de feu, des mains larges, épaisses, des yeux noirs semblables à ceux de leur fils. Antoine, le frère aîné, survint bientôt, remontant de la cave, un peu plus âgé mais aussi brun, aussi rude que le père qui n'avait pas embrassé son fils cadet : il l'avait étreint furtivement, tandis que ce dernier disait, montrant le soldat près de lui :

– Mon ami.

Ce fut tout, et cependant ce fut merveilleux pour Jean qui s'assit pour la première fois à la table d'une vraie famille, et qui était soudain devenu, par le miracle de la parole, l'ami d'un homme qu'il admirait autant qu'il le craignait.

Quand la mère le servit, Jean avala une larme au goût de miel que personne n'aperçut dans la pénombre, sous la lampe, car la nuit tombait. Il mangea une soupe épaisse en ayant l'impression de manger le bonheur, il se sentit ivre d'une joie indicible, d'une gratitude infinie envers ces gens qui l'avaient fait asseoir près d'eux, comme s'il avait été le troisième fils de la maison, fils prodigue, certes, égaré dans des lointains obscurs mais enfin revenu au bercail. Il n'osa pas parler. Il écouta. Il fut question des vendanges, de la qualité du vin, de sa teneur en alcool, de la difficulté à le vendre, puis le père posa une question sur la guerre, et son fils répondit seulement :

– Il n'y a pas de guerre. Ne vous faites pas de souci. On ne risque absolument rien.

Après la soupe, la mère apporta un ragoût de pommes de terre, puis du fromage, le tout arrosé du vin de leurs vignes : un vin âpre, qui contenait tout l'éclat du soleil de ces premières collines échelonnées entre la mer et la Montagne Noire, fruit d'une terre sans concession, sans douceur, mais qui donnait sa couleur à la peau des hommes habiles à la rendre féconde.

– Il couchera dans ma chambre, dit Julien à la fin du repas. J'irai dormir dans la grande vigne.

– Tu auras froid, dit la mère. On est en novembre tout de même.

– Moi aussi j'irai dans la vigne, dit Jean.

C'étaient les premiers mots qu'il prononçait et il eut l'impression d'avoir été impoli. Il s'en voulut, mais fit un pas vers son ami.

– Je vais prendre une bâche dans la cave, dit Julien. Ne vous inquiétez pas. J'ai l'habitude des manœuvres de nuit.

Quand il sortit, Jean manifesta l'intention de le suivre, mais Julien l'arrêta de la main en disant :

– Non ! Seul ! J'ai besoin d'être seul.

La mère précéda Jean dans l'escalier, le conduisit dans une petite chambre blanchie à la chaux, qui sentait le propre, la lavande, le buis fané dont il apercevait les feuilles d'un vert épais, en forme de petites conques, au-dessus de la porte, témoignage de la tradition plus que d'une pratique assidue de la religion. Les draps rugueux du haut lit en bois de fruitier lui parurent d'une douceur infinie, beaucoup trop doux pour lui, qui en conçut un peu de honte, en tout cas la certitude qu'il occupait une place à laquelle il n'avait pas droit. Il n'avait jamais dormi dans une chambre pareille, il n'avait jamais connu cette sensation fabuleuse de faire partie d'une famille et, songeant à la bergerie du Méjean, il se dit vaguement avant de s'endormir que plus jamais il n'aurait peur.

La suite, le lendemain, ne fit que prolonger l'enchantement, quand Julien attela le cheval au char à bancs, puis, ayant fait monter Jean sur la banquette, près de lui, prit la route étincelante de lumière qui menait à Narbonne. De chaque côté, les vignes s'éveillaient dans le matin sans nuages, des bosquets d'arbres verts dissimulaient à moitié des castelets coiffés de tuiles romaines, au-dessus desquels tournaient des oiseaux, pigeons ou colombes habitués des lieux, familiers des toits et des greniers. Il y avait du monde sur la route : des hommes et des femmes que Julien saluait parfois d'un signe de tête discret, parfois d'un mot censé rappeler une parentèle, révéler une preuve d'estime ou d'amitié.

C'est alors qu'en approchant de Marcorignan, il se mit à raconter l'examen des bourses, l'École normale, son premier poste, là-bas, au village dont on apercevait les premières maisons, il y avait deux ans de cela. Il dit que là-bas vivait Mélanie, avec qui il se marierait une fois la guerre finie, que c'était une femme venue d'ailleurs, avec des cheveux aussi blonds que les siens étaient noirs, qu'elle enseignait dans la classe à côté de la sienne. Il ajouta qu'il s'arrêterait pour lui tenir compagnie pendant la récréation, que Jean devrait patienter un moment, et qu'il reviendrait plus longtemps demain, car on serait jeudi.

Jean demeura sur la charrette, n'osa tourner la tête vers l'école, ne se sentit pas à sa place, en souffrit. Pour se rassurer il parla au cheval comme il parlait aux brebis, il y avait cent mille ans, et il respira mieux. Julien ne tarda pas à revenir, souriant, mais ne dit mot. Au lieu de retourner, il continua vers Narbonne, une ville aux murs pastel, aux larges boulevards où le soleil jouait avec des éclats de vitre ; il se fraya difficilement un passage dans les rues car c'était jour de marché, mais il ne s'y arrêta pas et poursuivit sa route vers la montagne de la Clape où elle se mit à sinuer entre des pins et des chênes-lièges, dans une odeur épaisse de thym, de romarin, de kermès et de térébinthes.

– Tu vas la voir, dit Julien en arrivant en haut.

Jean crut qu'il parlait de Mélanie, ne comprit pas. Et puis, tout à coup, au détour d'un virage, au début de la descente, il découvrit une immensité bleue qui ondulait sous le soleil, de grands oiseaux blancs qui dansaient au-dessus d'elle, dont le derme mouvant se fondait dans l'horizon au loin, très loin, plus loin que Jean n'avait jamais imaginé porter le regard.

– C'est la mer ? demanda-t-il.

– Oui, dit Julien. Tu m'en as tellement parlé.

Il tendit la main, ajouta :

– La voilà.

Mais Jean ne voyait plus rien, soudain, pas même la route, pas même les arbres qui crépitaient dans la chaleur montante du jour, pas même la croupe du cheval qui abordait lentement la descente, aidé par Julien qui actionnait la manivelle du frein. Il leur fallut une demi-heure avant d'atteindre une grande plage où la lumière oscillait en vagues transparentes agitées par le vent.

– Viens ! dit Julien.

Ils marchèrent un long moment sur le sable fin, s'approchèrent de l'eau, sur laquelle Jean se pencha pour essayer de boire. Il recracha aussitôt, mais s'aspergea la nuque et le visage, toujours silencieux, ne pouvant exprimer la moindre pensée devant cette immensité vainement imaginée sur le plateau rocheux où il avait grandi. Il en tremblait, ne savait que dire, éperdu de reconnaissance, d'une joie ignorée venue du plus profond de son enfance muette, désertique et glacée.

Peu après midi, Julien remonta avec la charrette à mi-coteau pour déjeuner à l'ombre, sous un pin. Il avait emporté un panier de provisions et une bouteille de vin. Ils mangèrent côte à côte le pain, le rôti froid et le fromage, la mer dansant devant eux, puis s'écoulant en vagues blanches sur la plage. Son bleu profond se mêlait à l'horizon à celui, plus clair, du ciel, en une frange qui semblait sombrer dans l'eau calme, là-bas, très loin, au bout de l'univers.

– Maintenant, tu sauras, dit Julien.

Il s'allongea sur le dos, les mains derrière la tête, et, sans un mot de plus, il s'endormit. Jean, lui, n'y parvint pas. Il demeurait fasciné par l'étendue mouvante devant ses yeux, lui qui n'avait jamais connu que l'immobilité des roches, une paralysie funèbre que fuyaient désespérément des nuages au ventre d'ardoise. Tout était clair et lumineux, ici, tout était justifié, la vie même, et la naissance au monde. Sa naissance, aussi, sans doute, alors qu'il l'avait crue refusée aussi bien par sa mère que par ceux près desquels elle avait vécu.

– Merci ! dit-il à Julien quand il se réveilla.

– De rien, mon ami !

Fabre lui prit les mains dans sa poigne d'acier, les serra sans un mot, avec force, mais sans sourire. Ce n'était pas homme à s'émouvoir, car il avait toujours dû combattre pour réussir.

Ils repartirent sans se presser, mais jusqu'au sommet Jean ne cessa de se retourner, comme s'il ne pouvait renoncer à ce qu'il venait de découvrir, comme s'il désirait s'imprégner de la vision d'un rêve réalisé, de ce sortilège évoqué pour la première fois par un chemineau égaré sur les roches immobiles et froides d'un impitoyable plateau.

Les jours suivants, ils aidèrent les parents de Julien dans les vignes, à la cave, et chaque fin d'après-midi, Julien partit à Marcorignan à la rencontre de sa fiancée. Il rentrait à la nuit, pour le repas du soir, que Jean prenait près de ses hôtes avec le même plaisir, la même sensation heureuse d'appartenir à cette famille qui l'avait si bien accueilli. Il lui arriva de se retrouver seul, un jour, avec Antoine, le frère aîné, dans la cave, qui lui dit :

– Veille bien sur Julien. Il est fort, mais il est capable de folie pour défendre ce qu'il croit être bon. Il n'a peur de rien.

– Je sais, dit Jean. Je ne le quitterai pas.

Ils partirent un matin, et ce fut pour Jean un déchirement que d'abandonner cette maison paisible au milieu des vignes, le père Fabre, la mère qui l'embrassa, Antoine qui lui serra la main, sur le quai de la gare. Il ressentit une véritable douleur de s'éloigner de ces quelques jours durant lesquels il s'était réchauffé à la flamme d'un foyer qu'il avait si longtemps espéré.

6

DANS un cantonnement situé près de Soissons, l'hiver qui suivit fut terrible. La température chuta jusqu'à – 20 degrés, figeant dans une paralysie cotonneuse les baraquements où grelottaient les hommes désœuvrés. La neige et la glace renvoyèrent Jean vers le vent glacial du plateau, quand il s'évertuait à déneiger entre le mas et la bergerie, que le vent du nord ne cessait d'aiguiser le ciel, tandis que tous, hommes et bêtes, hibernaient pour ne pas se blesser aux lames d'acier des bourrasques. Heureusement, il n'était pas seul, et même si l'inactivité à laquelle étaient contraints les soldats lui pesait, il pouvait se réchauffer à la présence de ceux qui, comme lui, attendaient avec impatience de revoir la verdure sur les versants forestiers.

Fabre ne décolérait pas. Il se sentait prisonnier, inutile, alors que les écoles, dans l'arrière-pays, manquaient d'instituteurs. Il brisait à la pelle les chandelles du givre, se battait avec la neige accumulée entre les baraques, traçait des sillons que les crépuscules recouvraient impitoyablement, dès que la température chutait de nouveau.

Alors il sortait les livres et faisait lire Jean, mais d'autres aussi, maintenant, qui supportaient mal l'oisiveté et qui avaient compris qu'ils pouvaient acquérir un peu plus de savoir, échapper à cette torpeur qui portait déjà, sans qu'ils en fussent conscients, le présage d'un désastre futur. L'ordinaire s'améliora à Noël, puis redevint ce qu'il avait été : des boîtes de singe et des pommes de terre, du pain bis aussi dur que celui du Méjean, mais que Jean mangeait avec le plaisir de ceux qui, un jour, en ont manqué.

Janvier ne fut qu'un long linceul étendu sur les vastes territoires qui couraient jusqu'à la frontière, puis février lui succéda dans la même immobilité glacée du ciel et de la terre, au point que Jean en oublia la mer et sa lumière. Il la cherchait dans son esprit, mais ne la trouvait plus. Dépossédé de ses richesses de novembre, il se demandait s'il n'avait pas rêvé, restait proche de Fabre qui, lui, heureusement, n'était pas un fantôme. Il lui donnait des nouvelles de sa famille, là-bas, dans la plaine narbonnaise, parlait un peu de Mélanie, de l'école, du temps froid mais sec qu'il faisait, des émondages de l'hiver, des feux qu'on allumait en lisière des vignes, évoquait son impatience de revoir les enfants muets comme des jouets les jours de rentrée, de sentir l'odeur de l'encre sur les cahiers, la poussière âcre de la craie.

Avec le début de mars et les premières crêtes de verdure apparues au-dessus des collines, les mouvements reprirent, toujours aussi incompréhensibles : Chaumont, Langres, Villers-Cotterêts, Crépy-en-Valois où la compagnie de Jean et de Julien fut versée au 14e régiment d'artillerie. Jean avait eu très peur de se retrouver seul à l'annonce d'une recomposition des batteries chargées de la défense aérienne ; aussi un nouveau départ en avril vers le village de Trancault, dans l'Aube, en compagnie de Fabre, le rassura-t-il plus qu'il ne l'inquiéta. C'est là que leur parvint la nouvelle de l'offensive allemande le 10 mai, alors qu'ils avaient surtout employé leur temps à creuser des tranchées, serrés l'un contre l'autre, unis dans l'aventure d'une guerre qui avait attendu la fin de l'hiver pour mieux surgir et les emporter dans la folie fatale pressentie depuis des mois.

Un vent mauvais se mit alors à souffler, annonciateur d'une défaite qui ne disait pas encore son nom, mais dont Fabre, lui, devina l'imminence quand un ordre de repli hâtif arriva début juin, l'ennemi ne trouvant sur sa route que panique et déroute après avoir percé dans les Ardennes. Deux compagnies du régiment de Jean et de Fabre reçurent l'ordre de s'arrêter à Marnay-sur-Seine, cinq kilomètres en amont de Nogent, afin d'organiser la défense sur le fleuve. Une seule mitrailleuse sur le pont, un canon à gauche, dans la prairie, des tranchées à droite : dérisoires défenses auxquelles nul ne croyait, ni l'état-major ni les hommes de troupe que le repli subit avait désarçonnés. La rivière était belle devant les cantonnements où Jean ne cessait de se pencher sur l'eau, fasciné qu'il était par ses éclats de vitre et cette liberté joyeuse qu'elle évoquait jusque dans ses murmures, ses courants vifs à l'aval des obstacles, ses paresses dans l'ombre des frondaisons.

Le soir du 9 juin, Fabre le rejoignit sur la rive, au seuil d'une nuit qui ne voulait pas tomber, dans la beauté d'un jour interminable qui sentait le foin des prés environnants et ne suggérait que la paix des saisons, le temps suspendu, un ancien bonheur révolu.

– Écoute-moi bien ! lui ordonna-t-il, ça va mal se terminer. Quand je te le dirai, tu partiras droit devant toi vers le sud et tu ne te retourneras pas.

– Et toi ?

– Si on est séparés, on se retrouvera chez mes parents à Saint-Marcel, quand tout sera fini. Tu te rappelleras ? Saint-Marcel. Là où nous sommes allés. Pas loin de Narbonne. Passe par Clermont-Ferrand.

– Je ne veux pas qu'on se sépare, objecta Jean.

– On sera peut-être obligés. Promets-moi de partir dès que je te le dirai. Il le faut.

Et, comme Jean ne pouvait s'y résoudre :

– En échange de ce que je t'ai donné, promets-moi !

– C'est promis, concéda Jean.

Ce fut une dure nuit pour lui, qui ne put trouver le sommeil malgré la suavité d'un air lourd de parfums, qui, sans la menace qui rôdait, lui eût si bien réchauffé le cœur. Il erra sur les rives, incapable de croire que la guerre s'approchait, que la palpitation soyeuse de l'ombre tiède n'était que le prélude à une apocalypse imminente. Il ne pouvait imaginer ce qui l'attendait au début de l'après-midi du 13, quand des avions de la Luftwaffe se mirent à bombarder la route sur laquelle fuyait l'armée française en déroute, descendant de Montmirail et de Château-Thierry, dans un fracas de fin du monde. Ordre fut donné de rejoindre les postes de combat, et Jean se retrouva en compagnie de Fabre derrière le seul canon en batterie à gauche du pont, écoutant le bruit de plus en plus proche des colonnes motorisées qui fondaient sur eux, tandis qu'un combat aérien se déroulait au-dessus de leurs têtes, provoquant la chute d'un avion français et son embrasement de l'autre côté du village.

Peu après, un afflux de réfugiés sur le pont occasionna un mouvement de panique, car ils annoncèrent que les Allemands se rassemblaient à trois kilomètres. Comme le village allait être cerné, le 4e génie fit sauter le pont, mais les premières automitrailleuses ennemies commencèrent bientôt à tirer.

– Va-t'en ! dit Fabre.

– Non ! Pas sans toi.

Jean tremblait : il ne pouvait pas s'éloigner de cet homme à qui il devait tant.

– Tu m'as promis, rappela Fabre.

– Je sais, mais je peux pas.

– J'ai ta parole, insista Fabre. Tu es un homme, aujourd'hui. Alors montre-le-moi.

Jean eut un gémissement de bête que l'on chasse, mais il se leva et se mit à marcher vers le casernement.

– Cours ! cria Fabre.

Et Jean courut, d'abord lentement, puis de plus en plus vite, comme pour cacher sa honte d'avoir à abandonner l'homme qui l'avait adopté comme un frère.

Il n'emporta presque rien : une chemise, une gamelle, un quart, une miche de pain, et il s'enfonça dans l'ombre de tous les dangers, marchant dans la nuit pour trouver la route. Il s'arrêta à plusieurs reprises, hésita à retourner sur ses pas, mais la voix dure de Fabre l'en empêcha : « Tu es un homme, aujourd'hui. Alors montre-le-moi. » Autour de lui, des soldats allaient au hasard, débandés, n'écoutant personne, et surtout pas ces officiers qui les avaient conduits au désastre. Jean se dirigea vers la colline pour s'écarter de ces ombres qui lui paraissaient menaçantes et, une fois en haut, il ne s'arrêta plus, comme si en s'éloignant du village où était demeuré Fabre, il fuyait aussi la douleur d'avoir à le quitter.

Quand le jour se leva, il était seul, épuisé, mais ébloui par le soleil magnifique qui émergeait à l'horizon et dont les rayons rosissaient le champ qu'il traversait du même pas long et régulier qu'il avait adopté la veille au soir. La chaleur devint très vite suffocante, et il but de l'eau dans un ruisseau, avant de monter sur un ressaut de terrain ombragé par quelques arbres d'où il découvrit, en contrebas, une route encombrée de charrettes, de voitures, de brouettes, de femmes et d'enfants qui avançaient très lentement.

Une sorte d'instinct de survie lui souffla de ne pas les rejoindre. À peine eut-il parcouru cent mètres, que deux avions surgirent au-dessus de l'éminence verte qui dominait la vallée et fondirent sur la route pour mitrailler les réfugiés. Ceux-ci s'égaillèrent en criant vers les prés et les champs, se couchèrent, semblèrent disparaître dans l'herbe et les cultures, ce qui n'empêcha pas les avions de revenir après être allés tourner un peu plus loin et de poursuivre leur œuvre de mort.

Jean se trouvait seulement à quatre cents mètres de la route et il eut l'impression que les avions le frôlaient à l'instant où ils passèrent au-dessus de lui.

Une fois qu'ils eurent disparu, il entendit des cris, et il aperçut une femme qui courait en direction de la butte où il se trouvait, un enfant dans les bras. Elle trébuchait sur le sol inégal, tombait, se relevait, regardait dans sa direction comme si elle l'avait deviné à couvert des arbres et l'appelait au secours. Alors il n'hésita pas : il jaillit de dessous les branches basses au moment même où deux points noirs réapparaissaient dans le lointain, grossissant à vue d'œil, ce qui fit crier la femme, mais non s'arrêter Jean qui courait vers elle. À bout de forces, elle venait de retomber et ne bougeait plus. Le pré qui montait vers la butte avait été fané, et Jean distinguait nettement son corps vêtu de sombre, ainsi que celui, plus petit, de l'enfant qu'elle tenait toujours entre ses bras.

Jean lui cria d'aller s'abriter, mais sa voix fut couverte par le grondement des moteurs. Il se remit à courir vers la femme avec l'intention de la transporter à l'abri, mais il n'en eut pas le temps. À l'instant où les avions arrivèrent, il se jeta à terre à une vingtaine de mètres d'elle, et il vit distinctement le corps tressauter sous l'impact des balles, eut la sensation précise d'être touché lui aussi.

Le vrombissement des moteurs décrut, laissant maintenant audibles des hurlements sur la route, et, tout près, les pleurs d'un enfant. Étonné de ne ressentir aucune douleur, Jean se releva, courut vers le corps allongé, appela la fuyarde qui ne réagit pas, aperçut le sang dans le dos, la retourna, découvrit l'enfant qui pleurait et cherchait à se dégager.

Il tenta de réveiller la femme en lui tapotant les joues, mais en vain. L'enfant était un garçon blond de trois ou quatre ans qui claquait des dents, sanglotait dans un mouvement convulsif, avec toute l'horreur du monde dans les yeux.

– Madame ! répéta Jean, en la secouant de toutes ses forces, oubliant l'auréole rouge qu'elle avait dans le dos.

Il découvrit alors une autre tache de sang qui s'élargissait sur la tempe de la femme et comprit brutalement qu'elle était morte. Une vague de désespoir le submergea, et il serait sans doute resté là, comme un chien fidèle près de son maître mort, si le vrombissement des avions n'avait de nouveau enflé à l'horizon, provoquant les cris de l'enfant qui se réfugia contre lui. Alors il se redressa et, l'emportant dans ses bras, il courut se mettre à l'abri des arbres qu'il atteignit à bout de souffle, puis se blottit contre le tronc du chêne le plus épais et ne bougea plus.

Il ferma les yeux, les rouvrit seulement quand les avions disparurent enfin, dévasté par ce petit corps chaud contre le sien, qui n'avait connu que celui des agneaux ou des chiens. Des petits bras le serraient, s'agrippaient à lui, comme il aurait aimé, pensa-t-il vaguement, pouvoir, lui, s'agripper au même âge à un père ou une mère. Ce fut plutôt ressenti que pensé, mais ce fut suffisant pour le faire se lever, puis, apercevant des blindés qui apparaissaient au loin sur la route, partir en essayant de courir, oubliant la mère morte, à quelques mètres de là.

Ce garçonnet lui sauva la vie. Sans lui, il n'aurait jamais trouvé la force de s'enfuir. Peut-être même aurait-il fait demi-tour pour retrouver Fabre sans qui il se sentait perdu, renvoyé aux pires heures de son enfance. Mais le petit avait passé ses bras menus autour de son cou et ne pleurait plus. Jean n'éprouvait pas de fatigue, il avançait sur un sentier qui coupait droit à travers champs, insensible au monde environnant, avec une seule pensée en tête : s'éloigner des combats et sauver cet enfant.

7

IL MARCHA droit devant lui vers le sud, se guidant aux étoiles qu'il avait eu le temps de connaître sur le plateau, au cours des nuits de juin durant lesquelles il ne pouvait trouver le sommeil. Fuyant la bergerie, il se réfugiait contre la porte close des deux vieux en espérant qu'elle s'ouvrirait et il observait les cristaux qui scintillaient là-haut, présence fidèle qui parvenait parfois à le consoler. C'étaient ceux que les chemineaux, habitués à se guider sur la Voie lactée, lui avaient désignés : l'étoile du Berger, la première à s'allumer le soir et la dernière à s'éteindre, à l'heure où les troupeaux quittent la bergerie ; l'étoile Polaire, à l'extrémité de la Petite Ourse, qui indique le nord ; d'autres, dont il avait, pour certaines, oublié le nom mais qu'il savait reconnaître grâce à leur forme et à la place qu'elles occupaient dans les constellations : le Taureau, le Dragon, le Bélier, le Bouvier...

Marcher, donc, dans la direction opposée à l'étoile du Nord, et marcher le plus rapidement possible dans la nuit chaude et douce qui lui paraissait être un refuge, avec ses parfums d'herbe coupée, ses caresses de vent tiède, ses grillons dont le chant l'avait accompagné un long moment et venait de s'éteindre. De temps en temps Jean pensait à Fabre, mais ce n'était qu'une immense douleur à fuir impérativement. Une question de survie, un instinct animal qui lui soufflait de s'éloigner aussi vite que possible de ce qui pouvait le tuer. Il lui semblait aussi que c'était Fabre qui lui avait confié cet enfant dont le corps pesait maintenant dans ses bras, endormi dans une sorte de confiance si totale, si émouvante, que Jean en aurait presque retrouvé le chemin des larmes dans l'épuisement qui le gagnait. Quelle heure pouvait-il bien être ? Deux heures? Trois heures ?

Une lune de sucre l'aidait à trouver la sortie quand les sentiers se refermaient à l'extrémité d'un champ, et il se tenait à distance du long ruban qui bruissait sur sa droite, d'où des lueurs, par intermittence, venaient se croiser au-dessus de lui, comme les antennes d'un insecte monstrueux qui tâtonnent devant l'obstacle. C'était une sorte de ferraillement ininterrompu, un murmure lourd et angoissant traversé par des cliquetis, des chocs d'acier, des cris, des halètements de horde perdue dans une nuit hostile.

Jean avança jusqu'à ce que l'aube naisse à l'horizon, corsetée d'un rose très pâle, presque blanc, qui creusa une faille dans la ligne plus sombre des collines lointaines. Dès qu'il y vit un peu mieux, il chercha le toit ou la fumée d'une maison, mais il n'en aperçut pas dans la vallée où il avançait d'un pas de plus en plus lourd. En revanche, la route, sur sa droite, avait disparu, sans doute derrière la colline dont les arbres commençaient à scintiller dans la phosphorescence du matin, provoquant l'envol de grands oiseaux qui devaient être des milans.

Il se dit que s'il ne s'arrêtait pas, il allait s'écrouler, et l'enfant avec lui. Mais la peur sourdait toujours en lui, l'empêchant de raisonner calmement. Il ne se résolut pas à abandonner, continua encore un long moment et la chance vint heureusement à son secours, derrière un boqueteau de frênes et d'ormeaux, sous l'aspect d'une ferme dont la cheminée fumait. Il frappa, tendit l'enfant à l'homme qui lui avait ouvert, et aussitôt tomba dans un sommeil aussi profond qu'un gouffre.

Il se réveilla en sursaut une heure plus tard, aperçut le petit sur les genoux d'une femme aux cheveux châtains, au corps ample, à la poitrine généreuse.

– Venez manger ! dit-elle. Mais ne faites pas de bruit. Il dort.

Jean s'ébroua, se leva du lit où le fermier, sans doute, l'avait porté, et il sentit alors dans ses jambes et dans ses épaules toute la fatigue que son court sommeil n'avait pu éliminer. Il s'assit sur le banc, remercia, s'accouda à la table en bois de fruitier, dévisagea la femme qui, face à lui, fit un signe de tête :

– Vous avez du café et du pain. Servez-vous.

Jean coupa du pain, le beurra, versa du café, remercia une nouvelle fois avant de se mettre à manger si avidement qu'il s'en rendit compte et s'arrêta soudain, comme pris en faute.

– Ne vous inquiétez pas, dit la fermière, vous n'avez pas dû manger depuis longtemps.

Et, comme Jean baissait de nouveau la tête vers le bol de café :

– Comment s'appelle-t-il, votre petit ?

– C'est pas le mien, dit Jean.

– D'où venez-vous comme ça ?

– On était sur la Seine quand ils sont arrivés. Le génie a fait sauter le pont.

– Et depuis, vous marchez ?

– Oui.

– Vous avez bien fait de quitter la route. On n'y avance plus et les avions reviennent souvent.

– Je sais, j'ai vu.

Comme Jean gardait la tête levée, elle ajouta :

– Mangez ! Mangez ! Vous aurez besoin de forces.

– On est où, ici ?

– Le village est à quatre kilomètres sur la route principale. Il s'appelle Villechétive.

À cet instant, le fermier revint de l'étable où il était allé traire ses vaches. C'était un homme aux grands yeux gris, blond, avec de larges épaules et des bras interminables. Il s'assit à côté de sa femme, se versa un verre de vin, demanda :

– Vous venez de loin, avec ce gosse ?

– Je l'ai trouvé hier au soir, un peu avant la nuit. Sa mère est morte devant moi.

– La pauvre ! fit la femme.

Pourquoi Jean ne pouvait-il pas parler de Fabre ? C'était comme si un voile était tombé sur son ami, le dissimulant à sa mémoire, lui interdisant de revoir cette silhouette à laquelle il s'était tellement attaché. Son absence demeurait incroyable, incompréhensible. Il avait dû rêver : Fabre l'attendait un peu plus loin sur le chemin, il allait le retrouver.

– Et vous comptez l'emporter où, comme ça ? reprit le fermier en désignant l'enfant du regard.

– Je sais pas. Il était seul. Il pleurait. Je l'ai pris avec moi, c'est tout ce que je peux vous dire.

– C'est arrivé sur la route ?

– Non. La mère s'enfuyait vers la colline, le petit dans ses bras, et elle est tombée.

Jean tenta de donner d'autres explications, car la pensée de la mère et de l'enfant faisait diversion, l'empêchait de revivre l'abandon de Fabre auquel, désespérément, il se refusait, mais il ne trouva pas les mots, trop de confusion régnant dans son esprit.

– Vous comptez aller jusqu'où ? demanda de nouveau le fermier qui paraissait impatient, à présent, de se débarrasser de ces deux apparitions si encombrantes.

– Je sais pas, répondit Jean.

Et il ajouta, songeant à ce que lui avait dit Fabre :

– Clermont-Ferrand. Narbonne, si je peux.

– Vous n'êtes pas arrivé, mon pauvre ! s'exclama le fermier.

Puis, avec un soupir :

– Les Fridolins ne sont pas à pied, eux ! Ils sont en voiture.

Jean haussa les épaules en disant :

– Je vais repartir.

– Et le petit ? fit la fermière.

– Je l'emmène.

– Vous savez même pas comment il s'appelle, reprocha-t-elle, comme si le fait de ne pas connaître le prénom du petit était le principal obstacle à la détermination de Jean.

À cet instant, l'enfant se réveilla et se mit à pleurer.

– Pleure pas, mon petiot ! dit la fermière.

Et elle répéta, lui caressant le front :

– Pleure pas, je suis là.

Jean, qui avait fini de manger, se leva et s'approcha. L'enfant tourna la tête vers lui et cria, revivant sans doute le drame de la veille. Se détournant alors, il enfouit son visage dans la poitrine de la fermière en murmurant « maman, maman », et il s'accrocha de toutes ses forces à ce corps qui devait lui en rappeler un autre, peut-être à cause de la chaleur des seins. Jean recula d'un pas, ébranlé à la fois par le regard de frayeur du petit et la manière qu'il avait de s'agripper à la fermière.

– On va le garder ! fit-elle après un regard à son mari. C'est d'une mère qu'il a besoin, et non d'un homme qui court les routes.

Le fermier paraissait moins décidé :

– Il faut nous dire où vous l'avez trouvé. Il doit encore avoir de la famille. On cherchera dès qu'on le pourra.

Tout allait beaucoup trop vite pour Jean, qui ne savait quelle décision prendre. Il fit de nouveau un pas vers l'enfant, posa sa main sur son épaule, mais le petit cria. Alors Jean eut un geste de lassitude et dit :

– Je peux pas vous dire où c'était. J'ai dû faire dix ou quinze kilomètres, mais il faisait nuit.

– Peut-être il nous dira, lui. Il doit avoir quatre ou cinq ans. Il parlera, tout de même.

– Allez ! fit l'homme, ne perdez pas de temps, sinon ils vont vous tomber dessus et vous êtes bon pour partir chez Hitler fabriquer les bombes qu'il nous envoie.

C'était une éventualité que Jean n'avait jamais évoquée avec Fabre. Être fait prisonnier ? Partir en Allemagne ? Il esquissa un nouveau pas vers l'enfant, comme s'il lui était impossible de l'abandonner, se souvenant sans doute dans un lointain inconscient qu'il avait été abandonné, lui, et qu'il ne pouvait devenir responsable de ce dont il avait souffert. Il toucha le bras du petit, mais celui-ci se dégagea violemment.

– Bon ! dit Jean. Je m'en vais.

Mais il ne bougea pas et continua d'observer cet enfant qui lui paraissait être, à présent, celui que lui-même avait été.

– Dépêchez-vous, dit l'homme, ou vous ne passerez pas !

– Prenez le pain, la moitié du saucisson et le fromage, dit la fermière. Au moins vous n'aurez pas à vous arrêter.

– Bon, répéta Jean, je m'en vais.

Cependant il fallut que le fermier se lève, le prenne par le bras et l'entraîne vers la porte, où, une nouvelle fois, Jean se retourna, quêtant du regard un signe, un geste de la part de l'enfant, mais ils ne vinrent pas. Alors, malheureux comme les pierres, il serra la main de l'homme et, assurant sa musette sur son épaule d'un mouvement machinal, il s'en alla.

8

Il était un peu plus de huit heures du matin. Le soleil était déjà dans sa courbe ascendante et non plus sur l'horizon, il faisait chaud et Jean avançait lentement, comme si quelque chose ou quelqu'un le retenait. Il faillit faire demi-tour, puis il se souvint des cris de l'enfant, et il finit par hâter le pas, le regard attiré par une masse sombre apparue devant lui, sans doute une forêt qui lui parut gigantesque. C'en était une, en effet, dans laquelle il entra une demi-heure plus tard avec soulagement, non seulement parce qu'il s'y sentait invisible, protégé, mais aussi parce qu'il échappait ainsi à la chaleur suffocante du jour.

Il lui fallut toute la matinée pour la traverser et déboucher sur une ville bâtie le long d'une rivière qui lui fit penser à la Seine, et, aussitôt, à Fabre. Accablé, il s'assit au bord de la petite route, déserte à cette heure, qu'il avait empruntée, prit sa tête entre ses mains, et se dit qu'il n'aurait jamais la force d'aller jusqu'à Narbonne.

– Ça ne va pas, dites ?

Une petite vieille qu'il n'avait pas entendue venir s'était arrêtée devant lui, et l'observait d'un air apitoyé, tenant d'une main son tablier d'où dépassait de l'herbe pour ses lapins, de l'autre sa faucille. Elle avait un visage fin, deux griffes de moustache au coin des lèvres, des cheveux blancs relevés en chignon, des yeux étroits, très vifs.

– Je suis fatigué, dit Jean.

– Je comprends ça. Vous n'êtes pas le premier à galoper. J'en ai vu passer, vous savez !

Et, comme Jean ne répondait pas :

– J'habite à côté. Venez vous reposer, si vous voulez, mais pas trop longtemps, parce qu'on dit qu'ils sont déjà à Villeneuve.

– Où je suis, ici ?

– Voyez là-bas, en face, c'est Joigny et à gauche, Migennes. Il vous faudra passer entre les deux. Il y a un gué sur la rivière. Vous le trouverez facilement : le sentier y mène tout droit et il y a deux saules à l'entrée. Vous ne pouvez pas les manquer.

– Et après ?

– Ne suivez pas les routes, vous n'avancerez pas. Il y a trop de monde et c'est dangereux. Il vous faut éviter Auxerre. Dirigez-vous vers Toucy, c'est le mieux.

– Merci, dit Jean.

– Pas de quoi.

Elle s'éloigna de quelques pas, se retourna, demanda :

– Vous avez de quoi manger ?

– Oui. Merci.

– Pas de quoi ! répéta la vieille avant de disparaître derrière un bosquet de sureaux.

Il avait envie de s'allonger à l'ombre et de dormir, dormir, oublier, ne plus penser à l'enfant, à Fabre, à tout ce qui lui était si douloureux depuis la veille. Pourtant les paroles de la vieille lui revinrent à l'esprit, et il se fit violence pour se lever, se remettre en marche vers l'endroit qu'elle lui avait désigné de la main, près des saules. En s'approchant, toutefois, il s'aperçut qu'il n'y avait pas une route, mais deux : une de chaque côté de la rivière, et toutes deux bordées de fins peupliers. Il retrouva avec appréhension la horde des réfugiés non pas sur la première qui remontait vers le nord, mais sur la seconde, qui descendait vers le sud.

Il put sans peine franchir la rivière dont les eaux étaient très basses, ne fut mouillé que jusqu'à mi-cuisses, et il se rafraîchit avant de repartir en s'aspergeant le visage. Il traversa la route, s'éloigna le plus vite possible de la colonne de charrettes, de voitures fumantes, de bicyclettes chargées d'un amas de matelas et d'ustensiles risquant de s'écrouler à chaque tour de roue, évita de croiser le regard des femmes et des enfants bousculés dans cette cohue que nul avion, heureusement, ne menaça.

Il prit à travers champs, en direction d'un petit bois qui paraissait être le poste avancé d'une forêt plus importante, légèrement vers l'ouest, et c'est alors que les avions surgirent, les mêmes que la veille, sembla-t-il à Jean qui se mit à courir vers le bois. Il entendit les vrombissements de moteur, les mêmes rafales de mitrailleuses et les mêmes cris, mais il ne se retourna pas, de peur de revivre ce qu'il avait vécu.

Il mangea un morceau de pain et du fromage tout en marchant sur la sente forestière qui sentait l'écorce et les fougères, se demanda quelle heure il pouvait être, mais il ne put le savoir exactement car il n'avait jamais possédé de montre, et, à couvert des arbres, il ne pouvait juger de la course du soleil. Après avoir traversé des clairières qui lui parurent désertes, il lui fallut une heure, ou presque, pour atteindre les bois beaucoup plus étendus qu'il avait aperçus de loin, et qui donnaient l'impression de n'être desservis par aucune route. Depuis son enfance, et par nécessité, il avait toujours eu le sens de l'orientation : il savait donc où se trouvait le sud salvateur, n'hésitait guère, et d'ailleurs, ses pensées étaient mobilisées par d'autres tourments.

Il songeait de plus en plus à Fabre, le seul ami qu'il ait eu dans sa vie, un foyer auquel il s'était réchauffé, définitivement, avait-il cru. Et il découvrait dans son innocence qu'on pouvait perdre ce à quoi on tenait le plus, ce qui ensoleillait la vie, l'humanité généreuse dont il n'avait jamais osé rêver. Il en était dévasté jusqu'à l'âme, retrouvait les désastres quotidiens de son enfance, la fragilité maladive qui le hantait depuis son plus jeune âge. Il avait peur, se demandait quel désert il allait devoir traverser, dans quelle servitude il allait replonger, maintenant que, une nouvelle fois, il était seul, perdu, redevenu l'enfant sans larmes du Méjean.

Ce fut dans ces dispositions d'esprit qu'il pénétra dans une clairière vers sept heures du soir, après avoir marché sans arrêt tout l'après-midi. Un soldat blond, sans calot, très grand, des yeux d'un bleu d'acier, surgit alors devant lui, braquant son arme et demandant :

– D'où tu sors, toi ?

Stupéfait, Jean ne put répondre.

– Pourquoi es-tu seul ?

– Je me suis perdu.

– C'est quoi, ton arme ?

– L'artillerie, je crois.

– Tu crois ou tu en es sûr ?

– L'artillerie.

– Et d'où viens-tu ?

– On était sur la Seine, près de Nogent, quand ils sont arrivés.

– Quel régiment ?

À cet instant, deux autres soldats apparurent dans la clairière, dont un sergent, qui s'exclama :

– Qu'est-ce qu'il y a, Pourcin ?

– Il connaît pas son régiment, dit celui qui venait d'être interpellé. C'est louche, trouvez pas ?

Le sergent s'approcha, suivi d'un deuxième classe, observa un long moment Jean qui se demandait ce qui lui arrivait, ne comprenait rien à cet interrogatoire de la part d'hommes qui devaient être en fuite, comme lui, et qui, pourtant, l'interrogeaient sur un ton si autoritaire.

– Tu viens d'où ? fit le sergent, un homme de petite taille, trapu et le visage couvert de taches de rousseur.

– On était en position sur la Seine, près de Nogent, quand ils sont arrivés, répéta Jean.

– Et tes camarades ?

– Je les ai perdus.

– Tu es seul depuis longtemps ?

– Je sais plus. J'avais un ami avec moi. Il s'appelait Fabre, il est resté là-haut.

– C'est un traître, dit le soldat qui menaçait toujours Jean de son arme. Un de ceux qui nous ont vendus aux Boches.

– Baisse ton fusil, dit le sergent. Comment veux-tu qu'il ait trahi qui que ce soit, celui-là ?

Le blond baissa son arme de mauvaise grâce, recula, alla s'appuyer contre le tronc d'un chêne.

– Sergent ! fit le deuxième, un petit, maigre, très brun, aux yeux fureteurs. Demandez-lui s'il a quelque chose à manger dans son sac. Je suis sûr qu'il est plus malin qu'il en a l'air.

Jean ouvrit sa musette, sortit le dernier morceau de pain et le bout de saucisson qui lui restaient.

– Tu permets ? dit le petit en s'emparant des victuailles. On n'a rien mangé depuis hier.

Jean ne protesta pas : il lui paraissait normal de donner ses provisions à des hommes qui avaient faim. Ceux-ci se partagèrent le pain et le saucisson et se mirent à manger sans plus lui accorder d'attention. Seul celui qui l'avait menacé jetait des coups d'œil hostiles vers lui, puis se remettait à dévorer le peu qu'il tenait entre ses mains.

– T'inquiète pas, déclara le sergent, on a repéré une ferme pas loin. On ira faire des provisions cette nuit.

– D'autant qu'elle est seule, la fermière, et qu'elle est gironde, se réjouit le blond. Son homme doit lui manquer. On a toute la nuit pour la consoler, pas vrai, les gars ?

– Tu viendras avec nous, fit le petit brun. Si tu es bien sage, on t'en laissera un morceau.

– Non ! dit Jean. Non.

– T'en veux pas ? s'exclama le blond, étonné. T'aimes pas les gonzesses ?

– Allez ! Ça suffit ! fit le sergent, revenant vers Jean après avoir bu à une bouteille. Dis-moi seulement où tu as l'intention d'aller.

– Je sais pas.

– Comment ça, tu sais pas ? Tu es d'où ?

– Du Méjean.

– Qu'est-ce que c'est, le Méjean ?

– Un causse, pas loin de Millau.

– Tu veux dire le Larzac ?

– Non, le Méjean. Au-dessus de Meyrueis.

Le sergent haussa les épaules, comme s'il renonçait définitivement à comprendre. Il se tourna vers ses hommes, eut un geste de la main vers sa tempe, pour indiquer qu'à son avis il avait affaire à un simple d'esprit, puis il ordonna :

– Assieds-toi !

Jean s'adossa au tronc d'un bouleau, baissa la tête, tenta de réfléchir à ce qui lui arrivait. Il avait découvert l'agressivité des hommes de son âge, leur laideur et leurs vices à son arrivée à la caserne, mais Fabre l'en avait délivré. Aujourd'hui, il se retrouvait seul face à eux, et son unique pensée consistait à s'en éloigner le plus vite possible. Les trois hommes s'étaient assis et discutaient entre eux, jetant de temps en temps un regard de mépris vers lui. Il n'osait demander si les Allemands étaient loin, et ce que comptaient faire les trois soldats embusqués dans ce bois.

Une heure passa ainsi, puis la pénombre envahit la forêt à mesure que le soleil déclinait, rafraîchissant un peu la température accablante du jour finissant. Jean se sentit un peu mieux, d'autant que les hommes semblaient l'avoir oublié. Il entendait des bribes de conversations qu'il ne comprenait pas toujours, s'interrogeait sur les traîtres qui, selon le blond, avaient vendu le pays aux Boches, les déserteurs qui abandonnaient le combat et que l'on allait fusiller, l'Afrique qu'il faudrait rejoindre si les Allemands envahissaient le pays tout entier.

– Allez ! On y va ! Je crève de faim ! cria le maigre en se levant brusquement.

– Non ! Attendons encore, dit le sergent. Il est trop tôt : il ne fait pas assez noir.

– Et l'autre, là-bas, qu'est-ce qu'on va en faire ?

Le sergent se mit debout, vint se planter devant Jean qui leva sur lui son regard d'une humilité profonde.

– Tu vas venir avec nous, dit-il.

– Non ! dit Jean. J'ai pas faim.

Le blond se dressa d'un bond, se précipita vers les deux hommes et hurla, pointant son arme de nouveau sur Jean :

– Tu vas venir avec nous ! Pas question de laisser des traîtres derrière notre dos !

– Non ! dit Jean de la même voix égale.

Le blond lui décocha un coup de pied dans les tibias qu'il n'essaya même pas d'éviter.

– Arrête ! ordonna le sergent. Va t'asseoir.

Le blond fit mine de lancer de nouveau son pied, mais le retint et recula en maugréant. Le sergent s'accroupit devant Jean.

– Si tu ne veux pas venir, dit-il, tu vas me donner ta parole que tu ne chercheras pas à t'enfuir, que tu nous attendras ici.

Et, comme Jean ne répondait pas :

– Le combat n'est pas fini. Il faut se regrouper, repartir, et on les étripera, ces foutus Boches !

– Oui, dit Jean.

– Alors tu nous attendras.

– Oui.

– L'écoutez pas, sergent ! fit le blond. Il pense qu'à une seule chose : se débiner.

– Et s'il nous suit pas, qu'il compte pas sur nous pour lui donner à bouffer quand on reviendra, dit le maigre qui s'était rapproché.

– J'ai pas faim, répéta Jean.

– Donne-moi ta parole ! dit le sergent.

– Je resterai là.

La nuit tombait à présent, chargée du parfum

des feuilles qui venaient d'échapper à la morsure du soleil. Un lourd silence régnait dans la clairière où pas le moindre oiseau, pas la moindre bête nocturne ne s'aventurait à proximité à cause de la présence des hommes.

Un quart d'heure passa encore, puis Jean ne distingua plus rien, sinon la silhouette impatiente des soldats qui se préparaient à partir en serrant leurs ceinturons et en manœuvrant la culasse de leurs armes. Enfin le sergent donna l'ordre de départ, et le blond revint vers Jean pour le menacer une nouvelle fois :

– Si tu t'enfuis, on te poursuivra, on te retrouvera, et tu peux être sûr qu'on te fera la peau !

Jean ne répondit pas et il se retrouva seul l'instant d'après, le cœur battant, un peu rassuré à présent, mais incapable d'esquisser le moindre mouvement. Il n'était pas dans son intention de fuir. Pas comme ça. Pas maintenant. Pourtant il n'était pas non plus dans son intention de demeurer longtemps dans la compagnie de ces hommes dont il n'avait pas peur, mais dont la seule présence lui était douloureuse en lui rappelant de trop mauvais souvenirs.

Il attendit, s'endormit, se réveilla, s'assoupit de nouveau, jusqu'à ce que des rires le tirent de son demi-sommeil. Un pied buta contre ses jambes, provoquant une exclamation de la voix du blond qu'il détestait et qu'il aurait reconnue entre mille.

– Vous aviez raison, sergent. Il est là.

Le sergent s'approcha :

– T'es un bon gars, dit-il.

– Tu sais pas ce que tu as loupé, grinça le blond.

– Tais-toi ! dit le sergent. Ferme-la !

Il s'éloigna en rigolant, et Jean l'entendit plaisanter avec le soldat maigre à dix mètres de lui. Jean devinait ce qui s'était passé à la ferme, s'étonnait que le sergent eût laissé faire une chose pareille, et, dès lors, un tel dégoût l'envahit qu'il ne songea plus qu'à une seule chose : s'enfuir. Ils discutèrent encore un moment, s'étranglant de rire au récit de leurs exploits, mais manifestement ils avaient bu et ils finirent par sombrer dans un sommeil d'où rien n'aurait pu les tirer.

Jean se leva sans bruit et s'en alla.

9

IL MARCHA toute la nuit sans le moindre répit, poussé par l'impérieux besoin de s'éloigner le plus possible, se demandant comment Fabre aurait réagi à sa place, songeant qu'il se serait sans doute battu avec les soldats, ou peut-être n'en aurait-il pas eu besoin : ses mots et son regard auraient suffi. La distance creusée entre eux, maintenant, faisait souffrir Jean davantage. Tout en marchant, il récapitulait dans son esprit les moments les plus précieux de sa vie : leur rencontre, les livres, son aide lors des manœuvres dans la montagne, sa famille, la mer. Était-ce possible d'avoir perdu tout cela en un instant ? Non ! Il ne pouvait pas l'accepter. Il trouverait la force d'aller jusqu'à Saint-Marcel, car là-bas Fabre l'attendait. Il en était sûr. Il pouvait avoir confiance. Il tremblait sur ses jambes qui le portaient à peine, il avait envie de s'arrêter, de se coucher et de dormir pour le restant de son existence. Mais la pensée de Fabre fidèle au rendez-vous se muait à présent en un vif espoir, celui qu'avait incarné sa présence, et il avançait comme une bête de somme, tendu vers un seul but : les retrouvailles avec son ami.

Au matin, sur le versant d'une colline que longeait une route étroite où l'on entendait des sonnailles, il trouva une maison isolée et frappa à la porte. Un vieil homme lui ouvrit, un béret sur la tête, vêtu d'une veste dont la manche droite était repliée sur l'épaule.

– Qu'est-ce que tu veux, toi ? s'exclama-t-il.

– J'ai faim, dit Jean, et je suis fatigué.

– Tu crois que j'ai laissé un bras à Verdun pour voir ce que je vois aujourd'hui ? Vous êtes une armée de lâches et de bons à rien !

Et, comme Jean demeurait sans voix :

– Fous-moi le camp !

La porte se referma et Jean se remit à marcher, se demandant quelle faute il avait commise pour se trouver face à une telle hargne de la part d'un homme qu'il ne connaissait même pas. Il renonça à comprendre, continua à avancer, aperçut un village dès qu'il eut contourné la colline mais il ne s'en approcha pas. Il devinait qu'il devait rester à l'écart, ne pas s'exposer aux regards, que cette retraite avait jeté le discrédit, semé la honte sur tous les soldats, lui compris. À un kilomètre de là, il trouva une grange vide, mais où subsistaient quelques bottes de paille. Il s'écroula d'un bloc sur elles et s'endormit.

Il s'éveilla en sursaut deux heures plus tard, se dressa, hagard, courbatu, s'interrogeant sur ce qu'il faisait là, puis, se souvenant des événements des jours précédents, et notamment des soldats de la clairière, il se leva pour repartir. Un vertige le fit tourner sur lui-même et retomber sur la paille qui lui rappela désagréablement celle de la bergerie du Méjean et lui donna les forces nécessaires pour sortir dans le matin lumineux de juin. L'air, devant lui, commençait à flamber au-dessus des prés où l'on avait fauché de l'herbe qui séchait, criblée de sauterelles. Il descendit vers un rideau de trembles qui escortaient un ruisseau où il se débarbouilla et but de l'eau si fraîche qu'il en frissonna.

Il avait faim, mais il ne pouvait oublier que sa musette était vide depuis la veille. Il se sentait perdu, très seul, et, pour se tenir compagnie, se mit à murmurer des mots qui l'aidèrent à avancer un moment : «Julien Fabre, Clermont-Ferrand, Narbonne, Saint-Marcel», et ces mots-là rythmèrent ses pas qui lui parurent moins pénibles. Il marcha encore pendant près d'une heure, trouva un poteau indicateur sur lequel apparaissait le nom d'un village qu'il parvint à lire en ânonnant : Les Chartiers. Il devina au loin la grand-route sur sa droite, et, d'instinct, s'en éloigna.

Il ne devait pas être loin de midi quand il arriva aux portes d'un hameau de trois maisonnettes semblant veiller sur la plaine bocagère qui s'étendait devant lui, entre des boqueteaux de saules et de frênes. Deux chiens accoururent à sa rencontre en hurlant, mais il savait comment se conduire en présence de ces animaux si familiers pour lui, et il eut tôt fait de les réduire à l'obéissance.

Il frappa à la première maison qui ne s'ouvrit pas, et la deuxième pas davantage. Les chiens l'accompagnèrent jusqu'à la troisième, grattèrent à la porte, d'où s'éleva une voix de femme qui demanda :

– Qu'est-ce que vous voulez ?

– Un peu de pain, dit Jean. J'ai faim.

– Vous êtes seul ?

– Oui.

– Et si je vous donne un peu de pain, vous partirez ?

– Oui.

Il y eut un long moment d'hésitation à l'intérieur et Jean entendit des murmures.

– Vous avez une arme ? demanda la voix.

– J'ai mon fusil.

– Allez le poser au fond de la cour !

Il obéit docilement, revint vers la porte qui s'ouvrit lentement, laissant apparaître une femme brune, aux cheveux bouclés, vêtue d'un tablier de paysanne, qui tenait un fusil à la main.

– Entrez ! dit-elle. Mais gare à vous !

Il pénétra dans une longue pièce que la cheminée centrale éclairait agréablement et découvrit deux enfants aux grands yeux effrayés qui se précipitèrent derrière leur mère.

– N'ayez pas peur ! dit Jean, et il ouvrit les mains, écarta les bras, comme pour prouver qu'il n'était porteur d'aucune menace.

– Vous pouvez prendre le morceau de pain, là, devant vous.

Et elle le montra sur la table, de l'extrémité de son fusil.

– N'ayez pas peur ! répéta Jean. Je ne vous veux pas de mal.

Il s'efforçait de tenir debout mais il était dans un tel état d'épuisement qu'il tremblait de nouveau sur ses jambes et qu'il demanda :

– Je suis très fatigué. Je peux m'asseoir une minute ?

– Une minute ! dit-elle, et elle baissa le canon du fusil.

Jean s'accouda sur la table couverte d'une toile cirée rouge, évita de regarder du côté des enfants, dévora le morceau de pain en quelques secondes, voulut remercier, mais il sentit que sa tête devenait trop lourde, il bascula en avant et s'endormit.

Quand il se réveilla, il aperçut la femme et ses

enfants de l'autre côté de la table qui l'observaient avec un peu moins de méfiance. La fillette aux cheveux blonds souriait, tandis que le garçon le dévisageait avec gravité. La mère, elle, était toujours sur ses gardes, mais elle avait posé son fusil sur le buffet en bois de noyer, à portée de main. Elle avait un regard très dur, farouche, des yeux pers d'une extrême froideur.

– Votre mari est à la guerre ? demanda Jean.

– Où voulez-vous qu'il soit ?

Il baissa la tête, demanda encore :

– Vous n'avez pas de nouvelles ?

– Non.

– Ne vous inquiétez pas. Il va revenir.

Le regard de la femme s'adoucit un peu, et elle fit un pas vers la table en demandant :

– Vous étiez où, vous ?

– Sur la Seine, près de Nogent.

– Mon mari était près de Saint-Quentin.

– Il va revenir, répéta Jean.

– Vous croyez ?

– Mais oui. Tout le monde descend vers le sud, les civils comme les soldats.

– Je sais. Les voisins sont partis.

– Et vous ?

– Non ! Moi je reste. Je veux que mon mari me trouve là quand il reviendra.

– Et si les Allemands arrivent ?

– Je me défendrai.

Jean ne voulut pas lui parler des automitrailleuses, des avions, des bombes dévastatrices, et, au contraire, il crut bon de l'encourager.

– Vous avez raison, dit-il. Sur les routes, on n'avance pas. Il y a trop de monde.

– Je sais. Je suis allée voir.

– Et vous pouvez me dire où je me trouve, ici ?

– Vous êtes près de Saint-Amand-en-Puisaye.

– C'est loin de Clermont-Ferrand ?

– Clermont-Ferrand ? C'est là que vous allez ?

– Oui.

– Vous n'êtes pas arrivé.

– Je vais repartir.

La fermière, qui avait compris qu'elle ne risquait rien auprès de cet homme au regard si clair, si perdu, proposa :

– Vous pouvez rester un peu, le temps de vous reposer.

– Merci, dit Jean, mais il faut vraiment que je m'en aille. Je ne sais pas où ils sont.

– Qui ça ?

– Les Allemands, bien sûr ! Vous n'avez pas de nouvelles ?

– Non ! Aucune.

– Et vous n'avez pas peur ?

Il regretta aussitôt sa question, à laquelle elle ne répondit pas.

– Vous pouvez aller dormir dans la grange, si vous voulez, dit-elle. Vous repartirez après.

Il comprit que sa présence la rassurait un peu, et il ne souhaita pas lui faire de peine.

– Je veux bien. Mais il faudra me réveiller dans une heure.

– Je vous réveillerai. N'ayez crainte.

– Entendu.

Il se leva, se dirigea vers la porte, jeta un regard vers la cour d'où son fusil avait disparu.

– Je vous le rendrai, dit la femme. Il est là.

Et elle montra derrière elle l'évier de la souillarde contre lequel reposait l'arme inutile. Jean hocha la tête, traversa la cour encombrée de volailles, se retourna avant d'entrer dans la grange qui lui parut encore plus étouffante que le brasier de juin. La femme se tenait debout sur le seuil et le regardait. Il lui fit un signe de la main, alla s'affaler dans le foin et s'endormit aussitôt.

10

IL CRUT qu'il dormait depuis un quart d'heure quand il entendit une voix près de lui :

– Monsieur ! Monsieur !

C'était le garçon qui l'appelait doucement, apparemment inquiet, avec la même dureté dans les yeux que sa mère.

– Il est quatre heures, monsieur.

Jean s'ébroua, se frotta les yeux, demanda :

– Tu sais où je peux trouver de l'eau ?

– Vous avez un seau plein, là, contre la porte.

– Merci.

Le petit disparut, et Jean se leva difficilement, des courbatures dans les reins et les jambes. Il s'aspergea le visage, mouilla sa chemise, se sentit un peu mieux, puis il traversa la cour et entra dans la maison dont la porte était ouverte.

– Je vous ai laissé dormir un peu plus, dit la femme.

Elle ajouta, désignant une chaise :

– Je vous ai préparé de quoi manger. Vous n'êtes plus à un quart d'heure près.

Manifestement, elle n'avait plus peur, au contraire : il sembla à Jean qu'elle n'était pas pressée de le voir repartir. De fait, dès qu'il eut commencé à manger une aile du poulet froid qu'elle avait posée devant lui dans une assiette contenant aussi un morceau de lard et du fromage, elle reprit :

– J'ai réfléchi pendant que vous dormiez. Vous pouvez rester si vous voulez.

Et, comme Jean levait sur elle un regard étonné :

– C'est à cause des enfants. Ils ont peur.

Jean la dévisagea un moment, répondit doucement :

– Je ne peux pas. Je vous remercie, mais si les Allemands arrivent jusqu'ici, je me ferai prendre, peut-être fusiller.

Il ne pensait pas seulement aux Allemands mais aussi aux soldats français qui l'avaient menacé, et il se souvenait des paroles de Fabre : « Va-t'en sans te retourner, ne t'arrête pas, promets-le-moi ! » Pourtant, cette femme si courageuse, là, devant lui, seule avec ses deux enfants, l'emplit d'une pitié qui faillit le faire renoncer. Comment se défendrait-elle si des hommes pareils à ceux de la clairière surgissaient chez elle ? Les deux enfants s'étaient rapprochés de la table et la petite s'assit face à lui, l'observant de ses grands yeux clairs.

– Je vais rester jusqu'à la nuit, dit-il, c'est moins dangereux pour marcher. Et puis il fait trop chaud dehors.

– Oui, dit la femme. C'est mieux.

Et elle se détourna pour aller ranger dans la souillarde les assiettes qu'elle tenait à la main. Jean continua de manger, mais plus lentement, comme si plus rien ne pressait, et il se sentit bien, tout à coup, dans l'ombre presque fraîche de cette maison. Ce fut un peu comme s'il avait trouvé un port, une nouvelle famille, et il se dit que ç'aurait pu être la sienne si sa vie, jusqu'à ce jour, n'avait pas été si sombre. Seul Fabre avait allumé une lumière, mais elle avait été trop vite éteinte par la guerre, et il se demandait, une nouvelle fois, s'il n'avait pas rêvé.

La fillette contourna la table, vint s'asseoir à côté de lui, et lui prit la main :

– Comment tu t'appelles ?

– Jean.

– Mon papa aussi.

– Arrête, Lucienne ! Laisse le monsieur tranquille ! dit la fermière en revenant vers la table, une serviette dans les mains.

– C'est rien, dit Jean. Elle est mignonne.

La fillette leva vers lui ses grands yeux clairs, pleins de confiance à présent, et se serra un peu plus contre lui. Il se demanda alors pourquoi les enfants venaient naturellement vers lui, ne sachant pas qu'ils se reconnaissaient dans cette sorte de fragilité, cette innocence qui faisaient de lui un être sans défense, comme eux. Il finit de manger, regretta d'avoir annoncé qu'il attendrait la nuit pour repartir, alors qu'il se savait incapable, le moment venu, de faire de la peine à cette femme seule avec ses enfants.

– Si vous voulez, dit-elle, je vais aller au village pour avoir des nouvelles.

– Oui, dit Jean. Je veux bien.

Elle quitta son tablier, se recoiffa rapidement avec les mains, puis :

– Venez ! dit-elle aux enfants.

– Non ! dit la fillette. Je veux rester là.

– Viens ! répéta la mère. On n'en a pas pour longtemps.

Le garçon s'était déjà dirigé vers la porte, mais il revint pour prendre sa sœur par la main et l'entraîna, non sans qu'elle se mette à trépigner et à crier. La mère hésita à la laisser là, se tourna vers Jean, puis, après réflexion, elle poussa ses enfants vers la cour dont la fournaise entra dans des bouffées d'air âcre et sec, qui donnaient envie de boire.

Jean se retrouva seul dans cette maison inconnue, et fut tenté un instant de s'enfuir, mais il ne s'y résolut pas. Il ne voulait pas trahir cette femme qui prenait sans doute des risques en allant au village pour lui être utile. Il se leva, se mit à aller et venir dans la longue cuisine-salle à manger typique des maisons paysannes de la région, puis il se saisit de son fusil mais le reposa aussitôt en se demandant comment la fermière avait pu passer de la plus grande méfiance à la plus grande confiance.

Il finit par s'asseoir de nouveau, attendit patiemment qu'elle revienne, en observant les meubles pansus qui sentaient la cire, la cheminée où sommeillaient quelques braises destinées à être ranimées lors de la préparation du repas du soir. La guerre lui semblait loin. Nulle menace ne pesait en ces lieux faits pour la vie simple et le bonheur, et il se voyait lui, Jean Dolin, avec une femme et des enfants dans une maison semblable à celle-là. Et même si ce rêve lui paraissait impossible, le simple fait de l'imaginer lui faisait du bien.

Ils revinrent une demi-heure plus tard, avec de mauvaises nouvelles que la fermière ne songea pas à lui cacher :

– Tout est bloqué à Cosne-sur-Loire. Il y a trop de monde sur la nationale. Il vous faudra descendre droit vers Donzy et ne pas chercher à passer le fleuve. On dit que tous les ponts ont sauté.

Jean demeura silencieux un instant, toujours hésitant devant l'air accablé de la jeune femme qui lui parut être au bord des larmes.

– Je ferais peut-être mieux de partir tout de suite, murmura-t-il.

Et, soucieux de l'aider quand même :

– Venez avec moi.

– Non ! dit-elle. C'est ma maison, je ne veux pas l'abandonner.

– Vous la retrouverez plus tard.

– Non ! répéta-t-elle. Je ne peux pas.

Puis, sans doute pour échapper à cette tentation :

– Mais partez, vous ! N'attendez pas !

Et, se dirigeant vers son buffet :

– Je vais vous préparer quelque chose.

Les enfants s'étaient rapprochés de Jean, comme pour le retenir. Il évitait de les regarder, ne savait quelle contenance prendre tandis que la fermière glissait dans sa musette quelques provisions. Quand ce fut fait, elle recula d'un pas et dit :

– N'oubliez pas votre fusil.

Jean se leva, prit son arme à l'épaule, assura sa musette de l'autre côté, et dit :

– Alors je m'en vais.

– Oui.

– Vous devriez partir aussi.

– Non ! dit-elle une nouvelle fois.

À cet instant, la fillette se précipita vers Jean, entoura ses jambes de ses bras et il ne sut que faire pour se libérer.

Le femme s'approcha et détacha les bras de la petite qui se mit à pleurer, mais elle parvint à l'écarter et à la faire reculer de quelques pas.

– Merci ! dit Jean.

La femme hocha la tête, sourit pour la première fois depuis qu'il était entré dans la maison.

– Au revoir, dit-elle.

Il se retourna, ouvrit la porte et s'en alla avec, une fois de plus, la désagréable et douloureuse impression d'abandonner quelqu'un comme il l'avait été, lui, dans le désert lunaire du Méjean.

11

PENDANT une semaine, il rencontra au cours de son périple toutes sortes de gens qui lui en apprirent plus en quelques jours sur la nature humaine qu'il n'en avait appris pendant vingt ans. Des portes se refermèrent sur lui, il essuya même un coup de fusil, mais il ne cessa de descendre vers le sud, traversant la Loire entre Bourges et Nevers sur une barque de pêcheur, puis passant entre Montluçon et Moulins, quittant les aimables collines et les plaines bocagères pour entrer en Auvergne, découvrant les couleurs plus sombres de ses bois, les sapins, les mélèzes et les roches grises, seul toujours, mais vaguement conscient d'avoir échappé aux périls les plus immédiats.

Il évita Clermont-Ferrand en contournant la grande ville par l'est, trouva un paysan qui lui indiqua la direction de Montpellier et de Narbonne : ce n'était pas compliqué, il suffisait de suivre la nationale, droit vers le sud. Le lendemain, il essuya un orage qui le trempa jusqu'aux os, et, cherchant vainement un abri, il grelotta toute la nuit, appuyé au tronc d'un chêne, incapable de dormir. Il repartit le matin très tôt, espérant se réchauffer en marchant, mais le soleil tarda à se montrer et Jean comprit qu'il n'irait guère plus loin, car la fièvre s'était emparée de lui et ses jambes ne le portaient plus.

Il trouva heureusement sur sa route un buron tenu par une femme et un homme qui devaient avoir la cinquantaine, et qui, malgré leur apparence rude et leur peu de goût pour la parole, lui offrirent l'hospitalité pour la nuit. Il se mit à trembler, délira, parvint à peine à avaler le lait brûlant qu'on tentait de faire glisser entre ses lèvres, appela Fabre à son secours, tomba enfin dans une hébétude qui n'effraya pas plus que ça ses hôtes habitués à laisser agir le destin. Il demeura deux jours et deux nuits entre la vie et la mort, mais sa jeunesse et sa vitalité le tirèrent de ce mauvais pas, et dès qu'il fut en état de comprendre ce qu'on lui disait, son hôte lui apprit que l'armistice était signé, et que la guerre était finie.

– Comment ça, finie ? demanda Jean.

– Finie. Terminée.

– Les Allemands sont repartis ?

– Non. Il se sont arrêtés.

– Où ?

– Plus haut.

– Alors on ne risque plus rien ?

– Non. Je crois pas.

C'était un homme immense, très noir, avec de grosses moustaches qu'il lissait machinalement de la main et qui sentait très fort le lait caillé. Sa femme aussi, d'ailleurs, dont les cheveux raides et jaunes encadraient un visage rond, sans la moindre ride. Ils avaient soigné Jean avec le peu qu'ils possédaient, mais ils l'avaient fait naturellement, comme ils se seraient eux-mêmes soignés, traitant davantage le mal par le mal que par d'hypothétiques médicaments auxquels leur vie solitaire ne les avait pas habitués.

Devant sa mine stupéfaite, ce matin-là, ils le considéraient comme s'il était descendu par la cheminée.

– Qu'est-ce qu'il faut faire, alors ? demanda Jean.

– Le mieux, c'est que tu rentres chez toi, répondit l'Auvergnat après mûre réflexion.

– Chez moi ?

– Oui. Chez toi.

Mais où était-ce, chez lui ? Était-ce chez les deux vieux du Méjean ? Certainement pas. Il savait qu'il ne pourrait mener la même vie qu'avant la guerre, qu'elle était ailleurs, désormais, sa vie, car il n'était plus le même homme, il avait découvert le monde, il était né vraiment.

Il remercia ses hôtes qui n'en demandaient pas tant, puis il se remit en route une fois le soleil revenu, pas très solide sur ses jambes, mais se sentant plus libre, délivré de la menace d'être fait prisonnier et sans le poids de son fusil sur son épaule.

– Si tu veux, laisse-le-moi, avait dit son hôte, il me servira pour tirer le lièvre.

Jean traversa l'Auvergne austère, aux nuits froides malgré la saison, mais l'altitude des terres boisées lui rendit la marche plus facile pendant la journée. Les sommets ronds des volcans éteints paraissaient veiller sur des solitudes inhospitalières où des troupeaux ruminaient des rêves d'abreuvoir, accompagnés du son fêlé des clarines qui jetaient dans l'air vif des notes de gaieté surprenantes. Jean se sentit bien dans ce pays paisible, à l'écart des routes, où la présence des hommes ne révélait que l'essentiel d'une vie rude mais inaccessible aux folies du temps.

Cependant, plus il descendait et plus il devinait qu'il se rapprochait du Méjean, et donc de sa vie d'avant. Il le redoutait et pourtant quelque chose l'attirait là-haut. Il reconnut les plateaux des Grands Causses à une certaine clarté de l'air, à la proximité des nuages, au fraîchissement plus précoce des soirs, à la présence d'un vent capable de s'aiguiser contre les roches froides, et au fait que les moutons remplaçaient peu à peu les vaches rouges et somnolentes des pentes auvergnates.

Mais descendre jusqu'à Saint-Marcel lui permettrait de fuir les fantômes qui le guettaient, et là-bas, il retrouverait Fabre. Il en était persuadé. Il ne s'arrêta donc pas et continua inlassablement, traversa le Larzac, bascula au-delà d'un col sinueux vers une immense plaine, au loin, qui semblait reculer au fur et à mesure qu'il avançait, toujours porté par l'espoir de revoir Fabre bientôt. Il lui fallut quinze jours d'efforts et d'immense fatigue pour atteindre Narbonne, se renseigner et, enfin, épuisé, pour trouver la ferme des Fabre, à Saint-Marcel, où il arriva un soir, à la tombée de la nuit.

Ce fut la mère qui ouvrit. Elle tressaillit mais le reconnut et le fit entrer. Le père et le frère de Fabre se levèrent et lui serrèrent la main, tandis qu'il demandait, étonné :

– Julien n'est pas là ?

Et, comme seul un lourd silence lui répondait :

– Il n'est pas encore arrivé ?

– Asseyez-vous ! dit la mère. Vous allez souper avec nous.

Comme il était affamé, il s'attabla sans oser lever les yeux vers ses hôtes. Puis sa question lui revint à l'esprit et il interrogea la mère du regard, mais elle demeura muette.

– Il a écrit, dit alors le père, d'une voix froide. Il est vivant mais il a été fait prisonnier.

– Prisonnier ? Julien ?

– Oui.

– Il va revenir ?

– On l'espère bien.

– Ah bon ! fit Jean, qui avala une cuillerée de soupe avant de demander :

– Et ça prendra longtemps ?

– On ne sait pas.

– La guerre est finie ! Il va forcément revenir.

– Oui, dit le père.

– Ah, bon ! répéta Jean.

Et il se remit à manger, étonné de ce silence qui laissait planer une menace désagréable, alors qu'il avait tant espéré de ce retour dans cette maison.

– Vous allez dormir là-haut, comme la première fois, dit enfin la mère quand le maigre repas du soir fut achevé.

– Je veux bien, dit Jean, je suis fatigué.

Et il crut bon d'expliquer comment il s'était trouvé séparé de Julien, là-haut, sur la Seine, et comment il avait marché pendant des jours et des semaines pour venir le retrouver ici, comme il le lui avait demandé.

– Je suis venu parce que je lui ai promis, dit-il en terminant, comme pour s'excuser.

– Vous avez eu raison, dit la mère.

Mais ni le frère ni le père de Julien ne prononcèrent un mot. Alors elle se leva et l'invita à la suivre s'il voulait dormir, ce qu'il fit en souhaitant une bonne nuit à ses hôtes. Une fois dans la chambre, il eut à peine le temps de remercier la mère, avant de plonger dans un sommeil sans fond dès qu'il fut allongé.

Il dormit une nuit et un jour, et encore une nuit. La première chose qu'il demanda, quand il se leva, le surlendemain, ce fut si l'on avait des nouvelles de Julien.

– Non, rien encore ! soupira la mère.

Le père et le fils étaient déjà partis au travail dans les vignes, et Jean demeura seul, désœuvré un long moment, en présence de la mère qui s'affairait devant ses marmites. Il proposa de l'aider, mais elle répondit sans se retourner :

– J'ai l'habitude. Ne vous dérangez pas.

– Je peux travailler, vous savez, dit-il.

Elle lui fit face, remercia d'un sourire :

– C'est bien aimable à vous, mais ça me gênerait plus que ça m'aiderait.

Il remarqua à quel point elle ressemblait à son fils, sentit son cœur cogner dans sa poitrine, murmura :

– Je le connais : il reviendra.

– Oui, dit-elle, je suis sûre qu'il reviendra.

Cette conviction lui fit du bien, et il alla chercher du bois dans la remise, sans que la mère le lui eût demandé. Alors il proposa de rejoindre les hommes dans les vignes, mais elle répondit :

– Vous ne les trouverez pas. Ils travaillent dans celle qui est la plus éloignée du village, sur la route de Ginestas.

Il ressentait un malaise, à présent, et qui ne fit qu'empirer lors du repas de midi, quand les deux hommes rentrèrent. Il comprit alors que par sa présence, il soulignait l'absence de Julien et que ses parents en souffraient. Il songea en même temps à la promesse qu'il s'était faite de remonter sur le Méjean. Il en avait parlé à Fabre, un jour, qui lui avait répondu :

« Tu peux y remonter, mais n'y reste pas. C'était de l'esclavage. Tu es un homme, pas un esclave. »

Cela aussi, il l'avait promis.

Il acheva de manger dans le silence lourd qui s'était installé dès le début du repas, puis, il déclara brusquement, comme délivré :

– Je vais m'en aller.

Et, comme trois regards se posaient sur lui :

– Mais je reviendrai. J'ai promis à Julien.

– Je vais vous préparer ce qu'il faut pour votre voyage, dit la mère. Vous ne manquerez de rien.

Il ne remarqua même pas qu'on ne tentait pas de le retenir. Pendant que la mère s'affairait, il chercha encore quelques mots, n'en trouva pas, et ce fut le père qui demanda :

– Où tu vas ?

– Je reviens chez moi, sur le Méjean. J'ai à faire, là-haut.

Et, encore une fois, il précisa :

– Je reviendrai.

– On va te donner notre adresse, dit le père. Tu nous diras où tu es, et Julien te préviendra dès qu'il sera là.

– Oui, dit Jean, je veux bien.

Le père écrivit quelques mots sur un morceau de papier, le lui tendit, tandis que la mère remplissait sa musette de victuailles. Il fallait partir à présent, mais Jean ne s'y décidait pas.

– Vous savez, Julien est fort, dit-il.

Le père hocha la tête, et il lui sembla que la mère, avant de se détourner, avait essuyé ses yeux.

– Va, mon gars ! dit le père qui se leva pour lui serrer la main.

– Tu es brave, ajouta-t-il, en plongeant son regard noir dans celui de Jean, qui en fut remué comme s'il se fût agi de celui de Julien.

Le frère lui serra aussi la main et la mère l'embrassa.

– Bon ! dit-il en assurant la bride de sa musette sur son épaule. Je m'en vais.

– Tu es brave, dit de nouveau le père.

Jean demeura encore un long moment immobile face à eux ; puis, il fit volte-face et il s'éloigna lentement, non sans se retourner à plusieurs reprises, comme s'il espérait qu'on allait le rappeler.

Il lui fallut sept jours pour atteindre Millau, si bien qu'il y parvint mi-juillet, un soir, dans la canicule revenue, les cris joyeux des hirondelles, l'épaisseur d'un air que la présence du Tarn ne rafraîchissait même pas. Mais ce qu'il y découvrit le mit tout de suite mal à l'aise : la ville était envahie par de nombreux réfugiés dont la plupart erraient dans les rues avec le même air égaré et fourbu que sur les routes de l'exode.

Alors qu'il cherchait la Maison du Peuple où, lui avait-on dit, il pourrait trouver à manger, il déboucha devant la mairie où un détachement de soldats impeccablement alignés présentait les armes à un officier, sous l'œil admiratif d'une foule pleine de fierté. Qu'est-ce que cela pouvait bien signifier ? La guerre n'était-elle donc pas terminée, contrairement à ce qu'on lui avait dit ? Instinctivement, Jean fit marche arrière, car il venait de penser aux trois soldats qui l'avaient arrêté, là-haut, dans la forêt, et avaient voulu l'enrôler. Ceux-là, lui sembla-t-il, leur ressemblaient. Il ressentit une telle sensation de malaise qu'il revint vers la ruelle d'où il avait surgi, et, longeant les murs en s'efforçant de passer inaperçu, il sortit de la ville puis suivit la rivière parallèle à la route par laquelle il était arrivé à Millau avec les gendarmes, deux ans plus tôt.

Comme il avait très faim, il descendit jusque sur la rive où s'étendaient des jardins, grappilla deux tomates, quelques fruits mis à sécher sur une clayette devant un cabanon, puis il s'approcha de la rivière très basse en cette saison, et il se coucha dans le murmure heureux de l'eau sur les galets, à quelques mètres de lui. Il résolut alors de remonter sur le Méjean dès le lendemain pour tenter de savoir, retrouver cette mère, ce père, peut-être, qu'il n'avait jamais connus.

Et c'est ainsi qu'à l'aube suivante, dès six heures du matin, fidèle à sa résolution, il se mit en route, et, par Saint-Pierre-des-Tripiers, remonta sur le Méjean, le domaine du vent, de la peur, des dolines qui lui avaient donné son nom.

LA LUMIÈRE

12

QUAND il redescendit, le soir même, du Méjean, après s'être arrêté aux limites du domaine d'Amalric surveillé par le vieux Séverin, il ne savait toujours pas où aller, mais il était riche, désormais, d'une photographie soigneusement cachée entre sa chemise et sa peau. Il avait une mère. Les vieux étaient morts. Il était libre, heureux, délivré. Mais que faire ? Où vivre désormais ? Certainement pas à Millau où les soldats aperçus avaient laissé une inquiétude en lui et provoqué le refus viscéral de retrouver la vie qu'il avait menée dans les cantonnements, cette promiscuité à laquelle il avait dû s'habituer, lui, le solitaire, l'enfant perdu dans les nuages, que seul Fabre avait réussi à apprivoiser. Certainement pas, non plus, dans la plaine narbonnaise, car il ne se sentait pas capable d'imposer sa présence au père et à la mère de Fabre, dont il avait ressenti le chagrin secret. Mais lui ne l'était pas, inquiet, pour

Julien, car il avait mesuré sa force, son pouvoir sur les hommes, et il ne doutait pas de recevoir bientôt de ses nouvelles.

Tout en descendant la petite route qui sinuait entre des arbres rabougris qui s'agrippaient de toutes leurs pauvres forces à la rocaille, il songeait à celles et ceux qu'il avait rencontrés, et surtout à cette femme qui ne voulait pas quitter sa maison et s'apprêtait à la défendre avec ses deux enfants. Il se disait que peut-être, un jour, il aurait la chance et le bonheur d'en trouver une pareille. Mais c'était trop déjà, que cette pensée : un rêve impossible à réaliser, car il n'était rien, ne possédait rien, sinon les vêtements qu'il portait sur lui, et cette musette rongée par le froid et les intempéries. Il était Jean Dolin, et c'était tout.

Il pensait aussi à ce Séverin qu'il venait de rencontrer là-haut, et qui avait soulevé le voile posé sur ces terribles années. « Enora », avait-il dit : un visage de Sainte Vierge, une simple abusée par plus fort qu'elle et à laquelle Jean ressemblait, il le vérifiait désormais, chaque fois qu'il sortait la photographie blottie contre sa peau et la contemplait avec une adoration un peu craintive. Or tout cela était le passé. Jean était libre, aujourd'hui, à condition de ne pas s'approcher de la ville et de ne pas trop s'éloigner des routes, pour pouvoir fuir, éventuellement.

Quand il était monté sur le Méjean, à l'aube, il s'était arrêté un moment, en bas, dans ce village appelé Le Rozier où deux rivières se rejoignaient : le Tarn et la Jonte. Au milieu, quelques maisons étaient échelonnées le long de la route, dans un écrin de verdure et sous une lumière ruisselante qui semblait autant couler du ciel que de l'eau vagabonde. Jean avait découvert des jardins, des arbres fruitiers, il avait aperçu des enfants rieurs, des hommes au regard confiant, sans malice. Il s'était dit que c'était là qu'il fallait vivre, désormais, ou du moins essayer.

Dès qu'il fut en bas du Méjean, il tourna à droite et longea la Jonte qui paressait entre les arbres des rives. Il était sept heures du soir, et il faisait encore chaud, au point qu'il entra dans l'eau et s'y rafraîchit un long moment. Il avait toujours aussi faim, mais il avait pris l'habitude de jeûner pendant sa longue marche vers le sud.

Dès les premières maisons, il aperçut un homme qui travaillait dans son jardin, et il descendit vers lui par une étroite sente entre des bouquets de lilas. L'homme se redressa à son approche, porta ses mains vers ses reins, le regarda venir sans la moindre animosité. C'était un homme trapu et brun, aux yeux noirs, qui avait certainement passé la soixantaine, était vêtu d'un bleu d'ouvrier maintenu à la taille par une ceinture de flanelle, d'une chemise mouillée par la sueur, et qui, malgré la différence d'âge, lui fit penser immédiatement à Fabre.

– Qu'est-ce que tu veux ? demanda l'homme, d'une voix calme, sans agressivité.

Et, sans laisser le temps à Jean de répondre :

– D'où viens-tu ?

– De là-haut, dans le Nord.

Il ajouta aussitôt, comme pour rassurer l'homme qui avait froncé les sourcils :

– J'ai fait la guerre. Je suis arrivé hier à Millau.

– Et avant ?

– J'étais dans un mas, sur le Méjean.

L'homme fit aller sa casquette deux ou trois fois d'avant en arrière, demanda :

– Tu n'y remontes pas ?

– Non.

– Tu étais pastre ?

– Oui.

– Et tu ne veux plus l'être ?

– Non.

– Je te comprends. C'est dur là-haut.

Jean hocha la tête.

– Alors, qu'est-ce que tu vas faire ?

– Je ne sais pas, dit Jean.

Puis, encouragé par ce regard qui lui en rappelait un autre, aussi franc, aussi chaleureux :

– Je voudrais bien rester. C'est beau, ici.

– Tu trouveras plutôt du travail à Millau chez les mégissiers et les gantiers. Avec tous ces jeunes qui sont partis et qui ne reviendront pas, ils vont embaucher.

– Non. Pas Millau. La ville, pour moi, c'est trop grand. Et puis il y a encore des soldats dans les rues.

– Ah !

L'homme se gratta le front, réfléchit un long moment, soupira.

– Tu sais jardiner ? demanda-t-il.

– J'apprendrai vite.

– Tu t'appelles comment ?

– Jean Dolin.

– Il y a beaucoup de vieux qui ne peuvent plus tenir leur jardin, reprit l'homme. Mais la terre est basse, tu sais.

Il ajouta, après un soupir :

– Et puis il y a la rivière. La pêche. Les poissons. J'ai une barque, là, en bas. Je prends peine, tout seul. Si tu veux m'aider...

– Oui, dit Jean, je veux bien.

– J'attends la nuit pour poser les filets. Mais c'est pas encore l'heure. Viens !

L'homme se dirigea vers le cabanon en planches couvert de tôle ondulée qui était bâti au point le plus haut du jardin, près d'un taillis d'églantiers, et Jean le suivit avec une soudaine sensation d'apaisement. Il lui sembla qu'il avait trouvé une île à l'écart des dangers, qu'il allait enfin pouvoir se reposer, loin des fracas du monde et de ses folies.

13

En approchant, Jean remarqua que ce cabanon était en bien meilleur état que ses voisins, puis il aperçut une chaise cannée et une petite table à l'intérieur, de même qu'une paillasse contre le mur du fond.

– Tu as faim ? demanda l'homme en se retournant avant d'y pénétrer.

– Un peu, dit Jean.

– Assieds-toi dehors, sur le banc. Tu vas manger avec moi. Ça me fera de la compagnie.

Jean s'assit sur la planche qui reposait entre deux murettes sommairement maçonnées à droite de l'entrée. L'homme s'affaira une minute dans le cabanon, en ressortit en portant un panier d'osier d'où dépassaient du pain et une bouteille, mais il y avait aussi, sur une serviette à carreaux rouges, de la viande froide et du fromage. Il saisit la chaise et la petite table et les installa entre lui et le banc où s'était assis Jean.

– Vous ne me connaissez pas, dit ce dernier, confus de ces égards.

– T'as pas l'air d'avoir tué grand monde, dit l'homme. Et tu sais, moi aussi j'ai connu la misère, au début. Mange, va !

Il lui tendit une tomate, et une minuscule boîte où se trouvaient des grains de sel.

– Merci, monsieur, dit Jean.

– Je m'appelle Joseph. Je suis tout seul depuis que ma femme est morte, ça fait dix ans.

Et, comme Jean hochait la tête d'un air apitoyé :

– J'ai une maison à l'extrémité du village, mais c'est ici que je suis le mieux, surtout en cette saison.

Jean se mit à manger, tout en gardant les yeux levés vers le vieux qui semblait avoir besoin de parler.

– J'ai eu un fils. Il est parti.

– Loin ? demanda Jean.

– En Algérie. Il n'est jamais revenu.

Il soupira, fit un geste résigné des bras, ajouta :

– C'est comme ça.

Puis il se servit un verre de vin dans une timbale en étain. Et, comme il la proposait à Jean, celui-ci sortit son quart de sa musette et le laissa remplir.

– Merci, monsieur.

– Appelle-moi Joseph.

Ils mangèrent un moment en silence, puis l'homme reprit :

– Moi, j'ai jamais voulu travailler chez les mégissiers, c'était trop dur et ça sentait trop mauvais. J'en connais qui ont eu les mains rongées par les acides, et qui en ont souffert toute leur vie. Alors j'ai travaillé chez un menuisier : je débitais, je sciais et je fabriquais des meubles. De beaux meubles, tu peux me croire !

Il se tut un instant, coupa un morceau de pain, ajouta :

– À cinquante ans, j'ai pu construire de mes mains une petite maison et acheter ce bout de terrain.

– Moi, j'ai rien, dit Jean.

Et, aussitôt, en riant :

– J'ai jamais rien eu.

– Ça viendra ! dit Joseph avec une telle assurance que Jean lui en fut reconnaissant et eut besoin de le remercier.

– De quoi ? fit Joseph.

– De me laisser m'asseoir là, avec vous, et de me donner à manger comme si on se connaissait depuis toujours.

– Ça coûte pas grand-chose, tu sais.

Puis, haussant les épaules d'un air détaché :

– Je suis obligé de donner des légumes : j'en ai trop. Alors tu vois : tu ne me priveras pas.

C'était la deuxième fois que Jean côtoyait l'humanité profonde et généreuse, et, après tous ces jours au cours desquels il avait tant souffert, il en était aussi bouleversé que lors de sa rencontre avec Fabre. Il aurait voulu l'expliquer à son hôte mais il ne trouvait pas les mots. Il se contentait de savourer ces moments que la douceur du soir rendait encore plus précieux, tandis que la nuit s'annonçait dans des souffles d'air un peu plus soutenus, exaspérant le parfum des feuilles.

Ils mangèrent un long moment en silence, puis l'homme demanda :

– Tu ne sais pas où dormir ?

– Depuis un mois, je dors dehors. J'ai l'habitude.

– Tu peux t'installer dans le cabanon. Tu seras bien. Il y a une paillasse où je fais la sieste.

– Merci, dit Jean. Mais si je peux rester là, dans votre jardin, ça me suffira.

– Non ! dit Joseph. Le cabanon.

Et il répéta :

– Tu seras mieux.

– Bon, dit Jean. Je payerai en vous aidant.

– T'en fais pas pour ça.

Alors Jean eut besoin de parler de Fabre, de sa peine à le quitter, puis des parents de Julien, à Saint-Marcel, dans la ferme où Julien n'était pas revenu, étant prisonnier, à ce qu'il avait écrit.

– Vous croyez qu'ils le garderont longtemps ?

– Oh ! fit Joseph. Ils vont sans doute les relâcher. Qu'est-ce que tu veux qu'ils en fassent ?

Alors Jean trouva les mots pour raconter l'essentiel de son périple depuis les rives de la Seine, ses rencontres, l'Auvergne, sa maladie, son arrivée à Millau et les soldats dans les rues. Il demanda à son hôte s'il était vrai que l'armistice était signé, si la guerre était bien finie.

– Terminée ! s'écria Joseph. Ça a été vite fait ! À croire que nos généraux n'ont rien appris en 14. En tout cas, moi j'ai toujours su que cet Hitler de malheur viendrait nous manger la laine sur le dos. C'est un fou, mais un fou dangereux ! La preuve !

Il soupira, ajouta :

– La seule chose qui m'intéresse, c'est qu'on ne les voie pas ici, les Fridolins. Le reste, je m'en fous !

Ils ne parlèrent plus jusqu'à ce que la nuit ait entièrement recouvert le jardin d'un drap sombre au parfum de chèvrefeuille. Alors Joseph se leva, rapporta la petite table et la chaise dans le cabanon où il appela Jean pour lui montrer une lampe Pigeon qu'il alluma puis éteignit aussitôt à cause des moucherons qui affluaient.

– On n'en a pas besoin, dit-il. La lune est belle.

Après quoi, il précéda Jean sur la sente jusqu'à la rivière, puis il détacha la barque, alla s'installer sur la planche à l'extrémité opposée à la rive, prit la rame et invita Jean à s'asseoir face à lui. Il n'y avait de vivant dans la nuit que le murmure de l'eau et le frémissement des feuillages, sous des étoiles scintillantes qui semblaient veiller sur ce coin de terre où deux hommes chuchotaient dans l'ombre.

Joseph amena la barque jusqu'à une fin de courant qui allait mourir dans une sorte d'anse où la lueur de la lune réverbérait la silhouette fine des grands peupliers de la berge. Il expliqua à Jean comment saisir le filet, tenir les bouchons dans la main gauche, jeter le côté le plus lourd, celui où étaient fixés les plombs, en avant. C'était la première fois de sa vie que Jean se trouvait debout sur une barque instable, mais il comprit très vite qu'il fallait compenser du pied gauche ou du pied droit pour rétablir l'équilibre.

– Oui, comme ça, c'est bien ! dit Joseph.

Il posa lui-même une nasse à l'entrée d'un petit affluent et l'attacha à une racine. Quand ce fut fait, il regagna le jardin en remontant le long de la rive, là où le courant était le plus faible, puis ils accostèrent et montèrent vers le cabanon. L'opération n'avait pas duré plus d'un quart d'heure.

– Je te réveillerai demain à l'aube, dit Joseph avant de serrer la main de Jean. Tu vas pouvoir te reposer.

Puis, comme s'il avait senti que Jean avait besoin d'être rassuré :

– Tu ne risques rien, ici. Personne ne viendra te déranger. Tu peux en être sûr.

Il fit un pas, puis se ravisa et dit :

– Tu lui ressembles.

– À qui ? demanda Jean.

– À mon fils. Il était grand comme toi, il avait un front immense, des cheveux peignés en arrière et les mêmes yeux.

Et, sans un mot de plus, il s'éloigna et disparut rapidement dans la nuit. Jean demeura un long moment immobile devant le cabanon, n'osant croire qu'il avait trouvé un port et qu'il était libéré de ses chaînes. Il régnait sur la rive de cette rivière une telle paix, une telle harmonie du ciel et de la terre, une telle douceur de l'air plein de parfums qu'il se laissa gagner par une sensation délicieuse de vie secrète et protégée. Qui viendrait le menacer dans ce jardin dont les épaisses frondaisons l'isolaient de la route et du village ? Il se coucha sur la paillasse à l'intérieur du cabanon et plongea aussitôt dans un sommeil que pas le moindre rêve ne vint troubler.

14

Ainsi commença pour Jean Dolin une nouvelle vie qu'il n'aurait jamais osé espérer. Chaque matin Joseph le réveillait et ils allaient relever le filet où se trouvaient prisonniers des truites et des barbeaux, parfois un brochet ou une perche, et dans la nasse, souvent, des ablettes et du menu fretin dont ils se régalaient. Ils portaient ces prises dans le vivier attaché au bas du jardin, près de la barque, vidaient les poissons qu'ils mangeraient à midi, après quoi ils arrosaient le jardin et ramassaient les légumes avant la grosse chaleur du jour. Ensuite, Joseph partait livrer des légumes ou des truites, puis il revenait pour le repas et ne bougeait plus jusqu'au soir.

Alors les deux hommes discutaient, et Jean racontait ce qu'il n'avait jamais osé dire à personne, sinon à Fabre, sur sa vie d'avant, ces vingt années durant lesquelles il n'avait été qu'un enfant transi de peur puis un adolescent incapable de comprendre pourquoi il se trouvait là et comment en partir.

– C'est pas croyable ! s'exclamait Joseph. Comment l'Assistance publique a pu accepter une chose pareille ?

– Je n'étais jamais là quand quelqu'un venait. Les deux vieux répondaient n'importe quoi et ils brûlaient toutes les lettres qu'ils recevaient.

– Tu t'es jamais enfui ?

– Si ! Deux fois. La première on m'a menacé de m'enfermer dans une prison pour enfants, et la deuxième, je n'ai rien trouvé de ce que je cherchais. Alors je suis remonté. Qu'est-ce que tu voulais que je fasse ? Je ne savais pas où aller.

Quand Joseph s'endormait à l'ombre, dans le silence des après-midi de feu, Jean songeait à sa vie nouvelle, s'en étonnait, se persuadait qu'il resterait là éternellement dans cette lumière de l'air et de l'eau, la nourriture à portée de main, ignoré de tous si ce n'était de Joseph, cet autre Fabre, ce frère humain dont la présence ensoleillait les heures. Il avait écrit aux parents de Julien, à Saint-Marcel, et donné son adresse « chez Joseph Audubert, au Rozier », et il pensait à Fabre sans crainte, comme à un ami en voyage qui lui reviendrait bientôt.

Il savourait la liberté qui avait pour lui le goût des tomates et des fruits, cette liberté qu'il n'avait jamais connue et qui le submergeait d'une onde aussi douce que celle de la rivière. Dans son lit de galets, il se lavait de toutes les plaies de l'existence, des contraintes communautaires subies sans la moindre révolte, des cruautés faciles, des bassesses ignobles dont il avait été la cible muette et consentante, avant que la main protectrice de Fabre ne se pose sur lui.

Il lui fallut du temps pour oser sortir de son refuge et affronter le regard des autres hommes, regards fuyants d'une époque où une autre peur, déjà, se levait sous les pieds des nouveaux maîtres du pays. Mais rien, en ce mois de juillet, n'aurait pu assombrir le soleil qui brillait sur cette vallée. La ville et ses menaces, ses uniformes et ses rassemblements mystérieux se trouvaient à une vingtaine de kilomètres, et l'on ne se déplaçait pas si facilement, sinon au pas de l'homme ou en charrette. Jean jouissait enfin d'un bonheur entrevu, d'une sérénité toute neuve, profitait des heures seulement soulignées par les froissements des feuilles que les soirs réveillaient, et il s'efforçait d'oublier qu'un jour, peut-être, le vent fraîchirait.

Un matin, alors que Joseph était parti livrer ses menus trésors de terre et d'eau au village, Jean descendit vers l'aval, le long de la rive, déboucha sur une plage de galets où deux femmes lavaient le linge, l'une d'elles accroupie devant une planche de bois inclinée vers l'avant. En amont de cette plage, une avancée de rochers la protégeait du courant assez fort du milieu, et l'eau mourait en un remous calme devant elle, où des traînées blanches, celles des lessives exécutées à la cendre, s'en allaient mollement vers l'aval.

Jean tourna la tête vers les deux femmes en passant, remarqua que l'une d'entre elles paraissait plus jeune ; l'autre semblait surveiller le travail. Il les dépassa, alla s'asseoir un peu plus loin, sur le rebord d'une barque semblable à celle de Joseph.

À peine fut-il installé qu'il entendit des cris, se retourna vers les femmes dont la plus âgée gesticulait :

– Je t'avais dit un seul drap à la fois ! Tu n'écoutes jamais rien !

La seconde demeurait bras ballants, incapable d'esquisser le moindre geste pour rattraper le drap qui lui avait échappé et qui avait gagné le courant. Jean se lança dans l'eau, avança jusqu'au ventre et réussit à saisir une extrémité du drap avant qu'il ne s'éloigne trop. Il revint vers la rive, traînant derrière lui le drap qui avait failli se perdre, s'approcha des deux femmes qui, instinctivement, venaient à sa rencontre. La vieille continuait de vitupérer, s'en prenant à la plus jeune, brune, ronde, aux yeux d'un vert pâle, presque transparent. Elle devait avoir une vingtaine d'années, peut-être moins, mais il y avait quelque chose qui paraissait bizarre dans son comportement.

– Dis merci au monsieur ! ordonna la vieille, une mégère vêtue de noir de la tête aux pieds.

– Merci ! dit la jeune femme, plantant son regard étrange dans celui de Jean.

– C'est rien. Je serai vite sec.

Et, à la vieille, qui ne cessait de la réprimander :

– Ne la fâchez pas ! Ça peut arriver !

– Je voudrais vous y voir, vous ! Un fardeau pareil, c'est quelque chose, vous savez !

Les yeux de la jeune femme ne se détachaient toujours pas de ceux de Jean : ils exprimaient la peur et un appel au secours.

– Comment vous vous appelez ? demanda-t-il.

– Elle s'appelle Dorine.

– Elle ne peut pas répondre ?

Le vieille haussa les épaules, ordonna :

– Dis au monsieur comment tu t'appelles !

– Do-rine !

La voix, très douce et très grave à la fois, avait insisté sur la première syllabe, et presque effacé la deuxième et la troisième. Les yeux ne se détournaient toujours pas.

– Elle est malade ? demanda Jean.

– Mais non, elle n'est pas malade ! Elle est un peu simple, c'est tout !

Jean sentit une onde de velours couler dans ses veines, une sorte de sensation de retrouvailles, de source perdue. Il ne parvenait pas à se défaire de ce regard qui semblait supplier, et déjà il savait qu'il ne lui échapperait pas. Pourtant, il fit un pas en arrière, esquissa le geste de s'en aller, mais la jeune femme avança d'un pas.

– Viens, toi ! lança la mégère en la tirant par un bras. C'est pas encore fini ! Il reste un drap dans la panière.

Jean prit la direction du jardin et c'est alors qu'il sentit une main saisir sa chemise, dans son dos. Il se retourna, rencontra de nouveau le regard étrange de la fille et, baissant les yeux, la main qui serrait le pan droit de sa chemise laissée libre au-dessus de son pantalon.

– Viens, je te dis ! répéta la mégère.

Mais celle-ci ne lâcha pas la chemise.

– Qu'est-ce que tu veux ? demanda Jean doucement.

La fille sourit, et dans ce sourire passa toute la lumière du monde. Non seulement sa bouche s'éclaira mais aussi son front, ses yeux, qui parurent se creuser, s'ouvrir sur une immensité inconnue de Jean, qui répéta, encore plus doucement :

– Qu'est-ce que tu veux ?

La vieille tira brutalement la fille en arrière, elle lâcha prise un instant, mais aussitôt elle revint vers Jean et reprit le bout de sa chemise entre ses doigts fins et pâles – sans doute, pensa-t-il, à cause de la fraîcheur de l'eau.

– Tu vas venir à la fin ! s'écria la vieille.

Et à Jean, avec une agressivité qui le surprit désagréablement :

– Partez ! Vous voyez bien qu'on n'y arrivera pas !

Il prit la main de la fille, dénoua ses doigts, ne put éviter de croiser de nouveau son regard et découvrit des larmes dans ses yeux.

– Je vous préviens ! cria la vieille. Si vous continuez, vous ne vous en débarrasserez pas comme ça !

– Qu'est-ce que tu veux ? demanda Jean une nouvelle fois.

– Emmène ! fit une voix qui le transperça.

Et, comme il ne savait que répondre et demeurait bras ballants, alors que la vieille, reculant d'un pas, les dévisageait d'un air exaspéré :

– Emmène Dorine, reprit la fille, donnant à Jean la sensation qu'elle parlait de quelqu'un d'autre que d'elle-même.

– Tu veux venir avec moi ? fit-il, aussi étonné qu'épouvanté par ce qu'il entendait.

Elle ne répondit pas, mais elle saisit de nouveau l'extrémité de la chemise de Jean entre ses doigts.

– Vous êtes content ! lança la vieille. Vous avez eu ce que vous vouliez !

Et, faisant demi-tour, comme si elle se désintéressait de la situation :

– Débrouillez-vous, maintenant !

Et elle partit, jetant de temps en temps un regard furieux derrière elle. Jean la vit enfouir dans sa panière le drap qu'il avait rattrapé, puis soulever son fardeau et l'emporter vers un charreton qui attendait à l'ombre et qu'il n'avait pas remarqué.

– Elle s'en va, dit-il à la fille qui ne bougeait toujours pas.

– Toi ! dit Dorine, et elle sourit avec une sorte d'humilité qui le dévasta.

Il n'osa détacher la main qui tenait toujours sa chemise, se dirigea vers la vieille qui ne se retournait plus à présent, et la fille le suivit docilement, sans la moindre crainte apparente ni la moindre parole. Il se rapprocha de la vieille qui manœuvrait le charreton vers le chemin sablonneux conduisant à la route, mais la main le retint avec une force qui le surprit.

– Débrouillez-vous ! répéta la vieille avant de disparaître derrière un rideau de frênes.

Et il resta là, décontenancé, disant seulement à Dorine qui le dévisageait toujours sans ciller :

– Elle est partie.

C'était cela, en fait, qui rendait si étranges ses yeux vert très clair : elle ne cillait jamais. Ce regard semblait absent, et cependant terriblement présent, d'une confiance absolue. C'était quelque chose que Jean avait décelé dans le regard des bêtes, parfois, un don de soi sans calcul ni pensée, une reddition totale du corps et de l'âme.

– Tu peux me suivre, dit-il, en ayant la sensation précise qu'il s'engageait sur un chemin inconnu, mais il faut me lâcher.

Elle fronça les sourcils, craignant sans doute qu'il ne l'abandonne.

– N'aie pas peur, dit-il. Je ne vais pas te laisser.

Les doigts demeurèrent noués sur sa chemise. Alors il se mit en marche, se retournant de temps en temps pour voir si aucune peur, à présent, n'était inscrite sur son visage, mais non : elle le suivait sans crainte, avec le même sourire désarmant sur ses lèvres couleur de framboise.

15

QUAND ils arrivèrent au jardin, Joseph était revenu et il commençait à faire cuire deux truites sur un feu de bois. Il se leva en les voyant apparaître et demanda :

– Qu'est-ce que tu fais avec la Dorine ?

– Tu la connais ?

– Pardi, si je la connais ! Tout le monde la connaît ici.

– Elle a voulu me suivre, répondit Jean. J'ai pas réussi à lui faire lâcher prise.

Joseph soupira, se gratta la tête, demanda :

– Qu'est-ce que tu vas en faire ? Tu vois bien qu'elle n'a pas toute sa tête.

– Je ne sais pas. Elle m'a suivi et voilà tout.

– Elle était seule ?

– Non. Il y avait une vieille femme avec elle.

Joseph soupira une nouvelle fois, précisa :

– Sa tante : Aurélie. Ses parents à elle, ils sont

morts. Elle devait avoir un an. On n'a jamais su si elle était comme ça de naissance ou si elle avait subi un choc.

Il paraissait contrarié, et même un peu désemparé devant la fille qui fronçait les sourcils, comme devant un obstacle imprévu. Elle s'était placée à la hauteur de Jean, et avait repris le pan gauche de sa chemise.

– On va la faire manger avec nous, reprit Joseph au terme de sa réflexion, et après je la ramènerai. Je sais où elle habite.

Jean approuva de la tête, soulagé. Il fit asseoir Dorine sur le banc, s'assit lui-même à côté d'elle sur une caisse, tandis que Joseph coupait en deux les tomates et mettait à cuire des aubergines.

– Tu peux le lâcher, dit-il à Dorine. Il va pas s'envoler.

Elle hésita, puis obéit. Jean n'osait la regarder, car il craignait de s'attacher davantage. Ce fut Joseph qui lui donna une tomate, puis une aubergine, et enfin une moitié de truite qu'il avait adroitement débarrassée de ses arêtes. Ils ne parlaient pas. Les deux hommes s'interrogeaient sur la conduite de la fille et Jean s'inquiétait surtout du moment où ils l'obligeraient à les quitter. Est-ce qu'elle accepterait ou est-ce qu'il faudrait la forcer ?

– Elle n'a rien dit, Aurélie ? demanda Joseph à la fin du repas.

– Elle a dit : « Débrouillez-vous ! »

– Pardi ! Elle ne peut plus la supporter. Elle est devenue sa souffre-douleur, cette pauvre petite.

– On pourrait peut-être la garder ? hasarda Jean qui redoutait le moment de la séparation.

– La garder ? T'as perdu la tête ? Elle ne doit pas être majeure ! C'est les gendarmes que tu cherches ?

Jean ne répondit pas. Il ne savait plus quoi faire, se sentait coupable, obligé de s'en remettre à Joseph dont le visage s'était fermé, était devenu hostile pour la première fois depuis qu'ils se connaissaient. Ils continuèrent de manger en silence, conscients d'une tension dont elle ne paraissait pas s'apercevoir. Elle souriait en dégustant sa truite, tournant la tête successivement vers l'un et vers l'autre, comme pour leur faire partager sa satisfaction. Mais cela ne dérida pas Joseph, au contraire. À peine eurent-ils fini qu'il se leva et dit :

– Commence à ranger pendant que je la ramène.

Il fit un pas vers Dorine, laquelle se rapprocha de Jean et, de nouveau, saisit sa chemise.

– Viens ! dit Joseph d'une voix douce. Tu sais bien que tu peux pas rester ici. Ta tante doit se faire du souci.

Dorine se cacha derrière Jean, qui s'écarta, mais elle manœuvra pour qu'il fasse obstacle entre Joseph et elle.

– Allons ! Viens ! C'est pas raisonnable ! reprit Joseph.

Et, à l'adresse de Jean qui ne savait comment réagir :

– Aide-moi un peu, toi ! Détache-lui la main !

Jean tenta de dénouer les doigts, mais elle résista. Il fallut qu'il use de sa force, au risque de lui faire mal. Alors elle demeura plantée devant lui, une stupeur douloureuse dans les yeux. Joseph en profita pour lui prendre la main et l'entraîner, tandis qu'elle gardait la tête tournée vers Jean, désemparé, qui se retint de courir vers elle.

En haut du jardin, au moment de grimper sur la route, elle suppliait encore Jean du regard, et il sentait de nouveau naître en lui cette sensation d'abandon qu'il avait déjà connue lors de l'exode. Il s'assit sur le petit banc, mais, au lieu de débarrasser les reliefs du repas, il prit sa tête entre ses mains, ferma les yeux sans parvenir à effacer l'image du visage en détresse qui venait de disparaître derrière les frondaisons.

16

Huit jours passèrent, au cours desquels les deux hommes parlèrent peu. Joseph constatait que Jean n'avait plus le même éclat dans les yeux, mais il se disait qu'il avait bien agi, que la tante vipérine était capable des pires tracasseries, qu'il fallait s'en méfier. Jean, lui, revivait sans arrêt les deux heures passées dans la compagnie de Dorine, sentait ses doigts agripper sa chemise, revoyait ses yeux jusque dans son sommeil, un sommeil qu'il avait perdu, ou presque, tellement il demeurait hanté par cette présence devenue aussi précieuse qu'elle avait été fugitive. Il devinait qu'il avait trouvé quelque chose de plus grand que lui, un élan qu'il n'avait jamais rencontré, une force au-delà de la raison, et, sans même prononcer le mot propre à ce sentiment inconnu pour n'avoir jamais été vécu, fût-ce auprès d'une mère, un amour qui niait tout ce qui n'était pas lui, le rendait fou, lui faisait perdre le goût des choses, des poissons et des fruits.

Mais il était incapable de se rebeller, n'ayant jamais souffert de ce mal-là et en ayant enduré d'autres, aussi douloureux, pendant vingt ans, avec une soumission, une patience qui avaient fini par entrer dans son cœur et dans son esprit. Il accomplissait les gestes quotidiens auprès de Joseph sans même y songer, car ses pensées étaient mobilisées ailleurs et il éveillait des reproches seulement prononcés du bout des lèvres et sans méchanceté :

– Aie un peu la tête à ce que tu fais, tout de même !

Alors Jean s'ébrouait, se secouait comme un chien après la pluie, s'efforçait de ne penser qu'au travail, mais cela ne durait pas. Une somme d'images, de sensations neuves, fraîches, toutes plus belles les unes que les autres l'emportaient de nouveau vers un monde qu'il avait vainement cherché sans le savoir, un monde qui l'attirait irrésistiblement. Il revoyait ces bêtes qui se lovaient contre lui, l'hiver, pour le réchauffer autant que pour se chauffer, il ressentait combien elles s'étaient confiées à lui sans calcul, seraient mortes auprès de lui s'il avait décidé de mourir, lui avaient fait don de tout ce qu'elles possédaient, confiantes et abandonnées, soumises et humbles comme l'avait été Dorine, qui s'en était remise à lui, éperdument. Et il l'avait trahie.

Comment vivre, dès lors, avec ce poison dans le cœur ? Il en perdit l'appétit, ne mangea presque plus, oublia qu'il avait cru pouvoir vivre dans un petit paradis, se déchira la chair aux récifs d'un remords incessant. Bref, il souffrit comme il n'avait jamais souffert, même aux pires heures de sa vie, quand son cœur d'enfant devenait d'un froid de pierre ou lorsqu'il avait quitté Fabre, là-haut, alors que tout son être lui ordonnait de rester.

Cela dura huit jours, exactement. Et un soir, vers sept heures, alors qu'ils s'apprêtaient à dîner, la mégère surgit, traînant sa nièce par la main : une Dorine qui n'était que larmes et misère, pauvre chose qui avait maigri terriblement, les cheveux dans les yeux, tête baissée, vaincue par un chagrin trop grand pour elle.

– La voilà ! cria la mégère. Ça fait huit jours qu'elle gémit et pleure sans arrêt. Vous avez fait du joli !

Puis, comme les deux hommes demeuraient muets, incapables de réagir devant cette apparition :

– Vous l'avez voulue ! Je vous la donne ! Et avec ma bénédiction par-dessus le marché ! Quand on fait le mal, il faut savoir réparer !

Et, lâchant Dorine qui venait enfin de relever la tête, elle les planta là, fit demi-tour, remonta le chemin en relevant l'extrémité de ses jupes noires comme la nuit.

Quand elle eut disparu, Jean chercha du regard Joseph qui parut hésiter, comme s'il allait se lancer à la poursuite de la folle, mais il renonça et se contenta de murmurer :

– Qu'est-ce que tu veux que je te dise ? Fais-la asseoir.

Jean s'approcha de Dorine, qui, dès qu'elle l'avait vu, avait cessé de gémir, et elle se laissa conduire vers la chaise où, d'abord, elle demeura craintive, comme si elle ne croyait pas à ce qui se passait. Mais, très vite, un sourire naquit sur ses lèvres.

– Manquait plus que ça ! s'exclama Joseph.

Mais il n'eut pas le cœur de faire le moindre reproche à Jean qui s'était résigné pendant une semaine et n'avait pas esquissé le moindre geste vers celle qu'un destin imprévu venait de renvoyer vers lui. Alors, ne sachant que faire, ils lui donnèrent à manger, se mirent à réfléchir sans oser la regarder, mais tout cela était trop inattendu pour qu'ils puissent envisager quoi que ce soit. Elle ressentait bien, elle, la tension qui régnait autour de la petite table, mais elle ne doutait pas une seconde d'avoir obtenu ce qu'elle voulait. Elle attendait patiemment, se contentait de manger ce qu'ils lui donnaient, avec une voracité qui indiquait à quel point elle avait refusé toute nourriture depuis huit jours.

Quand ils eurent terminé, Joseph demanda brusquement :

– Qu'est-ce que tu veux faire ? Je la ramène ou quoi ?

– Je la garde, dit Jean.

– Allons ! Réfléchis un peu !

– Je la garde, répéta Jean.

Joseph soupira, se leva péniblement, et dit :

– On ne jettera pas les filets ce soir. On ne peut pas la laisser seule. Va savoir ce qui pourrait lui passer par la tête ! Je vais rentrer.

Jean fit un pas vers lui, provoquant l'affolement de Dorine qui crut que les deux hommes allaient l'abandonner.

– N'aie pas peur, dit-il. Je m'en vais pas.

Et, à Joseph qui s'était retourné :

– Si tu ne veux pas de nous, on s'en ira.

Joseph haussa les épaules.

– Pour aller où? Ce n'est pas parce que tu fais la plus grande bêtise de ta vie que je vais te jeter dehors.

– Je la garde, répéta Jean pour la troisième fois.

– Garde-la, dit Joseph. Tu verras bien.

Et il partit, laissant seuls Jean et Dorine qui commença à débarrasser la petite table et à nettoyer les assiettes, comme si elle avait trouvé un foyer.

Il l'observa un moment, affairée à la tâche qu'elle s'était fixée avec une application têtue, émouvante, comme si de ses gestes dépendait son destin. Il s'approcha d'elle et lui dit :

– Laisse ! On va laver tout ça dans la rivière.

Elle se redressa, le fixa sans ciller, vint vers lui, et, d'un mouvement lent, sans doute imaginé souvent, elle se blottit contre lui, qui l'enveloppa aussitôt de ses bras. Ils demeurèrent ainsi enlacés un long moment, elle, qui était plus petite, sans relever la tête pour trouver des lèvres qui lui paraissaient sans doute interdites, lui évitant de la serrer, comme s'il avait peur de la casser.

– Viens ! répéta-t-il, en la repoussant doucement.

Il plaça les assiettes et les couverts au fond d'un panier d'osier, mais elle le lui prit des mains au moment de descendre vers l'eau. Là, elle les rinça soigneusement, tandis qu'il s'asseyait sur la rive, complètement dépassé par ce qui lui arrivait, submergé par cette présence à laquelle il avait si souvent rêvé, ne sachant si elle était femme, mère ou sœur, mais devinant qu'elle lui était déjà indispensable.

Quand elle eut fini, elle vint s'asseoir à côté de lui, et il passa les bras autour de ses épaules dans un geste si protecteur qu'elle poussa une sorte de gémissement et se laissa aller de tout son corps contre le sien. Mais il n'était pas dans l'état d'esprit de profiter d'un tel abandon. C'était trop tôt, tout allait trop vite : Dorine en cet instant n'était pas à prendre mais à protéger comme tant d'autres qui auraient dû l'être et, pour leur malheur, ne l'avaient pas été.

La nuit tomba, saturée de parfums, les enveloppant dans un silence ouaté, bleuissant la rive d'en face où les oiseaux finissaient de s'égosiller, jetant des reflets de cuirasse sur l'eau où mouchaient les premières truites. Jean se sentait plein de gratitude envers le monde, mais un peu honteux, en même temps, d'avoir capturé cet être fragile qui s'en remettait à lui en ignorant qui il était vraiment. Mais ne le savait-elle pas, dans son instinct plus grand que sa raison ? Sans doute que si. Et dans le cloître des frondaisons agitées de froissements d'une douceur sans pareille, Jean mesurait la grandeur et le poids de cette petite vie qui battait contre lui, s'en émerveillait autant qu'il en était effrayé.

Il n'osait bouger, ni imaginer ce qui allait advenir dans les heures prochaines. Elle paraissait évanouie contre lui, tant elle pesait dans un silence où il ne percevait même pas sa respiration. Il eut peur, s'ébroua, et dans le cri qu'elle poussa, il eut l'impression qu'elle se réveillait après s'être un instant endormie.

– Viens ! dit-il.

Elle s'accrocha à lui tout le temps qu'il mirent à remonter, trébuchant dans l'ombre, serrant sa main un peu plus à chaque pas.

– Il faut dormir, maintenant, murmura-t-il, une fois parvenu près du cabanon.

Et, allumant la lampe, il lui montra la paillasse contre les planches du fond.

– Tu vas te coucher là et moi je dormirai dehors, devant la porte, tout près.

Elle fit un pas en avant, se retourna, le saisit par le bras, mais il la repoussa doucement.

– Couche-toi là, répéta-t-il. Je ne serai pas loin. Tu ne risques rien.

Elle hésita, alla s'allonger sur la paillasse, et il ressortit, muni d'un sac de jute pour s'en servir d'oreiller. À peine fut-il couché qu'il l'entendit se lever et que, l'instant d'après il la sentit contre lui, sa tête venant se poser sur son épaule. Il essaya de se dégager, mais elle le tenait bien et n'était pas disposée à le lâcher. Alors il renonça à la garder à distance et il lui dit en se levant :

– Viens ! On sera mieux sur la paillasse.

Là, elle reprit la même position, la tête posée sur l'épaule de Jean et elle se mit à pousser des gémissements d'enfant rassasié et heureux. Cinq minutes plus tard, il comprit qu'elle dormait, mais il ne put trouver le sommeil. Ce poids contre lui semblait énorme, lourd d'une vie secrète dont il était le gardien épouvanté mais grandi d'un bonheur vaste comme l'univers.

Il la veilla jusqu'au matin en évitant de bouger pour ne pas la réveiller. Quand elle se redressa enfin, dans la gloire du jour, elle le regarda comme s'il avait été présent depuis toujours.

17

IL LEUR FALLUT trois jours et trois nuits pour trouver le chemin d'un amour que Jean s'était interdit. Cela vint d'elle, et se fit si simplement, si naturellement qu'il ne trouva pas la force de s'y opposer. À peine eut-il à agir pour venir en elle tellement elle dormait imbriquée en lui, comme si son seul souci avait été de ne faire qu'un avec lui, de s'y fondre, peut-être de devenir lui, afin de ne plus être celle que la mégère houspillait à longueur de journée et qui avait souffert sans pouvoir l'exprimer. La suite fut plus belle encore, car les caresses la faisaient onduler, en demander toujours plus, pousser ces gémissements qui renvoyaient Jean vers la bergerie du plateau, mais il découvrait à quel point elle pouvait être inventive dans son innocence, emportée comme lui par un plaisir inconnu qui les embrasait jusqu'à l'aube.

Joseph comprit très vite que tout avait été consommé.

– Et si tu lui fais un enfant ? dit-il, un matin, alors qu'ils ramassaient, côte à côte, des haricots verts.

– Un enfant ? fit Jean, interloqué.

– Oui. Un enfant. Tu ne sais pas comment ça se fait, les enfants ? Dans quelle situation tu te trouveras ?

Jean ne répondit pas. Il ne lui paraissait pas possible que Dorine pût porter, élever un enfant. Une femme, oui, mais pas elle qui semblait ne pas avoir grandi, était demeurée la fille qu'elle avait été : un être sans malice, sans véritable volonté, incapable de penser à autre chose qu'à son désir de l'instant. Il ne connaissait pas grand-chose du mystère des femmes, du fonctionnement de leur corps, et il pensait ingénument que pour concevoir un enfant, il fallait le vouloir. Pourtant, Joseph avait instillé le doute dans son esprit et, un soir, alors qu'elle se blottissait contre lui, il la repoussa doucement en disant :

– Il faut faire attention.

Elle ne put l'accepter, et elle pleura toute la nuit, sans doute avec la conviction d'une culpabilité qu'elle ne comprenait pas. Mais cela ne dura pas : il ne put longtemps refuser sans la faire souffrir ce qu'elle quémandait si naturellement. L'entendre pleurer lui ravageait le cœur. Dès lors, la vie reprit son cours normal, et les nuits redevinrent ce qu'elles avaient été : une fête interrompue seulement par la lumière du jour.

Puis, ne voyant rien advenir de ce qu'il avait redouté, Jean oublia les paroles de Joseph, se fondit de nouveau dans cette vie insouciante qui le comblait autant qu'elle, au cœur de l'écrin de verdure qui, il en était persuadé, les protégeait de toutes les menaces.

Le mois de juillet ne fut plus que lumière et bonheur. Dorine les suivait maintenant sur la barque, dont elle n'avait pas peur. Elle manipulait les poissons avec adresse, sautait sur la berge avec une agilité étonnante, comme si elle avait pratiqué cette activité depuis toujours. Malgré ses inquiétudes, Joseph s'habituait à sa présence. Il avait croisé la mégère un soir en rentrant, et elle lui avait lancé, son regard noir dardé sur lui :

– Elle vous va bien ? Alors gardez-la ! Mais ne vous avisez pas de me la ramener.

– Il n'en a pas l'intention, répondit-il en montrant par là que seul Jean était concerné, car il avait senti la pointe venimeuse que la vieille avait poussée vers lui, suggérant, sans doute, dans sa méchanceté, que les deux hommes profitaient de Dorine.

Il n'en parla pas à Jean, mais il en conçut de la contrariété. De surcroît, avec l'arrivée des orages, il s'inquiéta de la fragilité du cabanon dans lequel ils dormaient.

– Vous n'allez pas pouvoir rester là éternellement, dit-il un matin, alors que le soleil ne parvenait pas à percer les nuages.

– Elle n'a pas peur, répondit Jean. On verra bien plus tard, quand il fera froid.

Et la vie continua dans un enchantement qui les lia de plus en plus chaque jour. Dès que Dorine perdait Jean du regard, elle le cherchait, se rapprochait de lui qui, aussitôt, la rassurait. Elle parlait maintenant davantage, ou du moins répondait plus aisément à ses questions. Il s'aperçut alors qu'elle était capable de penser à l'avenir et de s'exprimer un peu mieux qu'il ne l'avait cru. Ainsi, un soir, alors que la nuit tombait plus tôt, à présent, elle lui dit :

– Froid, bientôt.

– On trouvera un toit. Ne t'inquiète pas.

Elle n'en reparla plus, se consacra aux tâches ménagères avec une application désarmante, trouvant sans doute dans les gestes quotidiens un remède à une angoisse qui se manifestait souvent à la tombée de la nuit. Alors il la prenait contre lui, caressait ses cheveux, usait de mots qu'il n'avait jamais prononcés, mais qui jaillissaient facilement pour elle en un murmure qui finissait par l'apaiser. Jean demeurait les yeux grands ouverts dans l'ombre, songeait à sa vie passée, au Méjean désertique et glacé, à sa solitude d'enfant, à ses peurs atroces, et il n'en revenait pas d'être aujourd'hui comblé par une telle présence, une telle douceur des heures et des jours. Il était habité par la conviction d'exister pour quelqu'un, d'être devenu indispensable à cette femme-enfant qui ne cessait de s'en remettre à lui. Et tellement satisfait par cette existence qu'il ne pensait plus guère à Fabre, dont il n'avait reçu aucune nouvelle. Il ne s'en inquiétait pas : Julien lui apparaissait toujours dans son souvenir comme un roc sur lequel venaient se briser toutes les tempêtes.

Ainsi les semaines passèrent sans autres nuages que ceux du ciel, qui devinrent de plus en plus menaçants dès le début de septembre. Trois jours de pluie incessante firent grimper le niveau de la rivière et provoquèrent des fuites dans le toit du cabanon. Ni Jean ni Dorine ne s'en émurent, mais Joseph, lui, décida que cela ne pouvait pas durer.

– Je ne peux pas vous prendre à la maison, dit-il. Il y a des mauvaises langues ici, comme partout. Je ne veux pas de ça. J'ai une solution si vous n'êtes pas trop regardants : mon atelier, au fond de ma cour. C'est pas grand mais on peut y mettre un poêle à bois et un petit lit. Pour le reste, vous pourriez manger sur l'établi, et vous laver à un baquet installé sous la gouttière.

Et, écartant les mains en un geste d'impuissance :

– C'est tout ce que je peux faire.

– Merci ! dit Jean. C'est déjà beaucoup. Mais je payerai comment ?

– Je ne vais pas te faire payer un loyer pour t'abriter dans un atelier. Tu finiras bien par trouver du travail.

Ainsi fut fait. Dorine manifesta un peu d'agitation quand ils partirent un matin vers la maison de Joseph située à trois cents mètres du cabanon, de l'autre côté de la route, mais elle s'apaisa très vite en comprenant que l'atelier bâti en dur, avec de véritables tuiles sur le toit, serait sa nouvelle demeure.

Une autre vie commença, sous la protection de Joseph qui les approvisionnait en pommes de terre et en pain, tout en cherchant pour Jean un emploi qu'il n'eut pas de mal à trouver, car il y avait de nombreux prisonniers en Allemagne, et la main-d'œuvre manquait.

Une de ses connaissances était menuisier, comme lui, et vivait à l'entrée du village, à quelques centaines de mètres de sa maison. Il s'appelait Amédée : c'était un homme brun et sombre, qui avait dépassé la soixantaine et qui était en quête d'un ouvrier capable de le seconder et, peut-être, un jour, de prendre sa succession. Jean ne savait pas travailler le bois, mais il parut à Amédée si désireux de bien faire, qu'il l'embaucha au début d'un mois d'octobre battu par le vent du nord qui, déjà, balayait la vallée sur toute sa longueur.

Un problème de taille subsistait, cependant : faire comprendre à Dorine, incapable d'admettre que Jean s'éloigne d'elle, qu'il allait devoir s'absenter en début de matinée et d'après-midi, pour trois ou quatre heures chaque jour. Le premier matin, ils partirent tous les trois vers l'atelier d'Amédée : Jean, Joseph et Dorine qui jetait des regards affolés de part et d'autre de la route. Jean lui expliqua qu'il allait travailler, mais elle ne put se résoudre à le quitter et Joseph dut patienter une heure avant qu'elle n'accepte de repartir avec lui.

Une fois à la maison, pourtant, elle s'échappa et revint vers l'atelier d'Amédée, très contrarié par ces allées et venues, qui empêchaient Jean de se consacrer à la tâche qu'il lui avait confiée. Il fallut trois jours à Dorine pour comprendre que cet éloignement était nécessaire et provisoire, mais qu'il ne s'agissait en aucun cas d'une séparation définitive, puisque Jean rentrait à midi et le soir. L'atelier d'Amédée demeura pourtant sa destination favorite de promenade, une fois le matin et en milieu d'après-midi. Elle ne dérangeait pas Jean, le regardait travailler quelques minutes, puis repartait, rassurée, vers son refuge où elle l'attendait, assise, les mains croisées sur ses genoux, incapable de vivre autrement les heures qui le séparaient de lui.

Cette existence ne fut en rien troublée par les événements du pays dont ils vivaient à l'écart et ne se souciaient pas du tout. À Millau, les autorités se préoccupaient surtout du ravitaillement nécessaire aux réfugiés espagnols, juifs, et surtout lorrains qui venaient d'être expulsés des provinces reconquises par l'Allemagne nazie. Le gouvernement de Vichy n'avait pas remplacé le maire élu en 1935, mais seulement le sous-préfet, et sa main de fer n'avait pas encore assuré sa prise sur la région.

À vingt kilomètres de là, Jean inventait chaque matin des mots rassurants pour Dorine. Il la laissait l'accompagner un peu sur la route puis lui demandait de rentrer. Alors elle obéissait, mais elle se retournait plusieurs fois, comme si elle espérait jusqu'au bout de la route qu'il allait la rappeler.

18

L'HIVER s'installa, moins froid que le précédent, mais avec de longues pluies glacées et un peu de neige. À la mi-décembre, ils apprirent qu'on avait retrouvé la tante de Dorine morte dans le logement qu'elle louait à la sortie du village. Elle n'avait pas d'autre héritière que sa nièce, et Joseph s'occupa auprès du maire et du notaire de lui faire obtenir le fruit de la succession, malgré son état qui aurait sans doute nécessité une curatelle. Il n'y avait pas grand-chose à récupérer, sinon quelques meubles et un peu d'argent que Joseph voulut confier à Jean, mais celui-ci refusa. Il n'avait jamais vu une telle somme – trois mille francs – et s'en trouvait embarrassé, ne savait où le mettre, craignait de le perdre.

– Garde cet argent, toi. Pour le loyer.

– Alors vous allez venir habiter avec moi, dans la maison, décida Joseph. Ça me faisait honte de vous loger dans l'atelier, et maintenant que la sorcière est morte, on est sortis des tracas. Elle ne risque plus de nous accuser de quoi que ce soit.

Comme Jean objectait qu'ils se sentaient bien, là-bas, dans leur petit refuge, Joseph insista en disant :

– Vous garderez votre argent. Il vous servira un jour, j'en suis certain. En compensation, Dorine me tiendra un peu la maison, ménage et cuisine.

Et pour convaincre Jean définitivement :

– Ça me rendra service.

Ils emménagèrent donc dans l'une des trois chambres que contenait la maisonnette de Joseph, à l'étage, alors qu'il gardait, lui, la chambre qu'il occupait au rez-de-chaussée. Le chauffage était assuré par un énorme poêle situé en bas de l'escalier, il y avait l'eau courante à l'évier de la cuisine, mais pas de véritable salle de bains. Simplement un cabinet de toilette, entre la cuisine et la salle à manger qui demeurait constamment fermée, Joseph ayant l'habitude de prendre ses repas dans la cuisine.

Dorine se sentit très vite en sécurité auprès des deux hommes, et se mit à exécuter avec application les tâches ménagères qu'on lui confiait. C'est à peine si elle avait manifesté de l'émotion au moment du décès de sa tante, sinon au cimetière, au moment où l'on avait fait descendre le cercueil dans le caveau : un gémissement, une main tendue vers la tombe, mais dès le lendemain, elle parut avoir oublié. Ils ne surent jamais si elle avait souffert de cette disparition ou si elle en avait conçu du soulagement. Elle n'allait plus à la rencontre de Jean à l'atelier au cours de la journée, car elle ne se sentait pas seule et abandonnée dans la maison d'où Joseph, qui craignait le froid, ne sortait guère.

Ainsi la vie s'écoula jusqu'au printemps 1941 où, à partir du mois de mai, ils se rendirent tous les trois au jardin chaque jour. Jean retrouva alors les mêmes sensations de bonheur et de liberté que l'année précédente, le cabanon, les légumes et les poissons, dans une insouciance que ne troubla même pas la décision d'Amédée de fermer son atelier :

– Les gens ont d'autres préoccupations que d'acheter des meubles, confia-t-il aux deux hommes, un soir, en s'excusant. Je n'ai plus assez de commandes. Et puis je me fais vieux. J'arrête ! Il fallait bien que ça arrive un jour.

– On a assez d'argent pour passer l'hiver prochain, dit Jean à Joseph. L'été, on n'a besoin de rien : les légumes et les poissons suffisent. Je chercherai autre chose au printemps.

En réalité, il n'avait pas du tout l'intention de s'éloigner de la rivière et du jardin. Dorine, transformée, chantonnait tous les jours le même refrain sans paroles entendu Dieu sait où, mais qui manifestait un contentement évident, une totale confiance dans le monde et dans les deux hommes près desquels elle vivait. Jean se sentait complètement épanoui par ce quotidien de lumière et de verdure, ne pensait plus que rarement au passé. Si un épisode de son enfance sur le Méjean ou des drames de l'exode ressurgissait en lui, il s'efforçait de le chasser aussitôt, y réussissait sans peine, tant il était heureux dans sa nouvelle vie.

Or les langues se déliaient au village, devant ce qui pouvait passer, pour les gens malintentionnés, dans un ménage à trois. Cette malveillance se traduisit par une visite des gendarmes, un soir, alors qu'ils s'apprêtaient à dîner. Tandis que Dorine se mettait à trembler – ils découvrirent à cette occasion sa terreur des uniformes –, ils demandèrent à Jean ses papiers. Il ne possédait que son livret militaire, mais il n'était pas conforme à ce qu'il aurait dû être.

– Vous n'avez pas été démobilisé ! constata le brigadier, un gros homme qui portait de grosses lunettes d'écaille.

Et, désignant Dorine du menton :

– Vous vivez avec la demoiselle ?

– Oui, dit Jean.

– Vous n'êtes pas mariés ?

– Non.

– Elle est majeure, au moins ?

– Oui, intervint Joseph qui avait trouvé les papiers concernant Dorine chez sa tante après son décès.

– Prouvez-le-moi !

Joseph alla chercher un extrait d'état civil qui faisait état de la naissance de Dorine Camoins le 2 janvier 1920 à Peyreleau. On était à la fin de juillet 1941. Elle était majeure depuis six mois. Le brigadier rendit de mauvaise grâce la feuille officielle à Joseph, puis il se tourna de nouveau vers Jean :

– Venez demain à la gendarmerie pour régulariser. J'ai quelques questions à vous poser.

Jean ne dormit pas de la nuit : c'était trop, tout à coup, ces gendarmes et ces menaces qui devenaient de plus en plus pressantes alors qu'il avait cru vivre dans la liberté qu'il avait longtemps espérée. Joseph dut le forcer à se rendre à la gendarmerie, car il avait eu la tentation de s'enfuir.

– Et la laisser là ? s'était-il indigné.

– Non. Je l'emmènerai avec moi.

– Pour aller où ?

– Je ne sais pas.

– Sois un peu raisonnable ! Tu as un toit, ici, et tu ne manques de rien. Qu'est-ce que tu irais faire sur les chemins ? Mendier ton pain ?

– Elle me suivrait, j'en suis sûr.

– Tu veux la faire crever de faim ? s'insurgea enfin Joseph, d'une voix vibrant d'une colère qu'il manifestait rarement.

Jean se résolut donc à répondre à la convocation du

brigadier, non sans imaginer les pires conséquences. Il fut un peu rassuré quand celui-ci lui indiqua qu'il allait interroger les autorités militaires dont dépendait son régiment. À sa connaissance, il avait été dissous, ce qui permettrait sans doute une régularisation dans des délais assez brefs. Le brigadier lui posa ensuite des questions au sujet de la vie qu'il menait, ses ressources, son domicile, ses relations avec mademoiselle Camoins, qui, selon lui, devrait avoir un statut d'incapable.

– Incapable de quoi ? demanda Jean, de plus en plus inquiet.

– Vous savez très bien ce que je veux dire. Elle devrait avoir un tuteur ou un curateur.

– Un tuteur ?

– Oui. Un tuteur ou un curateur. Mais, bon, tant que vous êtes sous le toit de Joseph Audubert, je veux bien considérer qu'elle est protégée. Je me suis renseigné, figurez-vous : je sais qu'elle n'est pas maltraitée, au contraire. La seule chose que je ne tolérerai pas, c'est que vous abusiez de la situation.

– Je n'abuse de rien, dit Jean. C'est elle qui est venue vers moi. De sa propre volonté.

– Je sais cela aussi, soupira le brigadier, qui se leva pour mettre fin à l'entretien. Je garde votre livret militaire. Je vous le rendrai quand y figureront les mentions nécessaires au sujet de votre démobilisation.

Si ce n'est pas le cas, il faudra réintégrer votre corps d'armée.

Jean, reparti complètement démoralisé, fit part de ces nouvelles menaces à Joseph qui le rassura de son mieux. Mais dès lors la vie ne fut plus tout à fait la même au bord de la rivière : la lumière des jours s'assombrit, et Dorine, qui sentait grâce à son instinct qu'il se passait quelque chose d'anormal, cessa de chantonner, ne quitta pas Jean d'un millimètre, la tête constamment tournée vers lui, comme s'il pouvait disparaître à tout instant. Ainsi, l'été ne fut pas le même que le précédent, au grand désappointement de Jean qui gardait un souvenir ébloui de son arrivée au bord de la rivière, des jours sans fin dans la verdure du jardin, de ses premières nuits dans le cabanon.

Enfin, début septembre, le brigadier rapporta à Jean son livret militaire avec la mention de régularisation nécessaire et les menaces s'éloignèrent, lui sembla-t-il, définitivement. À la fin du mois, ils récoltèrent les derniers légumes, les derniers fruits, puis ils retrouvèrent leurs habitudes à l'orée d'un hiver qui s'annonçait précoce, et ils s'installèrent dans la maison de Joseph, à l'écart d'une ville et d'un pays où tout changeait, à leur insu, sous le joug d'un occupant de plus en plus exigeant.

LA FOUDRE

19

Cette vie finalement secrète, à l'écart du monde extérieur, dura un peu plus d'un an. À la fin de l'année 1942, les Allemands envahirent la zone sud et apparurent à Millau dès la fin de l'après-midi du 11 novembre, où la Kommandantur s'installa plateau de la Gare, à l'hôtel Terminus. La Gestapo commença à étendre ses ramifications dans toute la région, bien aidée par la police de Vichy et les miliciens. La peur et les dénonciations se mirent à hanter la population dès l'hiver qui suivit, à l'exception de Joseph et de Jean, qui ne sortaient guère, sinon pour faire quelques courses, le pécule transmis par la tante de Dorine n'ayant pas été épuisé.

Jean n'avait pas trouvé de travail, mais il n'était pas pressé : il savait qu'au printemps, il regagnerait le jardin, ses trésors et sa quiétude, que la vie reprendrait ce cours qu'il avait tant aimé, dès son arrivée, dans la lumière neuve des matins et l'interminable douceur des soirs. Il se sentit heureux de voir les jours s'allonger, en février, et il lui sembla que Dorine vivait dans la même impatience que lui.

Elle était toujours aussi proche de lui, la nuit, mais il n'en abusait pas, car il redoutait de la mettre enceinte, ainsi que le lui prédisait Joseph, sans cesse alarmé par cette perspective. Pourtant, quand Jean y réfléchissait, à présent, il éprouvait autant de crainte que d'envie. Pourquoi n'aurait-il pas d'enfant, lui ? Un enfant sur lequel il veillerait si Dorine ne le pouvait pas ? Il se savait assez fort pour deux, capable de donner à un fils tout cet amour que lui n'avait pas reçu, et dès lors quelle revanche ce serait ! Et d'ailleurs qui pouvait croire qu'elle ne pourrait pas offrir elle aussi à un enfant ce qu'elle possédait de meilleur ? Il avait confiance dans son instinct, dans sa capacité à se consacrer à quelque chose ou quelqu'un qui lui serait précieux. Elle avait déjà prouvé qu'elle pouvait défendre son bien, lutter à sa manière. Il croyait en elle, en somme, malgré sa fragilité.

Depuis quelque temps, cependant, elle paraissait inquiète, comme si elle devinait qu'un danger approchait : son regard s'attachait à Jean, ne le quittait pas. Ses yeux verts, si clairs, semblaient s'ouvrir sur un gouffre sans fond, où elle se perdait, chancelait, tendait une main pour saisir une chaise, un objet, puis elle venait près de Jean, prenait son bras, juste au-dessus du poignet, le serrait à lui faire mal.

– Allons ! lui disait-il. Je suis là. N'aie pas peur.

Les deux hommes ignoraient l'essentiel de ce qui se passait autour d'eux, et c'est à peine si Joseph avait eu connaissance de l'invasion de la zone sud, car il n'avait pas de poste de radio et sortait peu. C'est son voisin qui le lui avait appris, un homme qu'il n'appréciait guère, car il avait eu des problèmes de mur mitoyen avec lui quelques années auparavant. Aussi, lorsque Jean fut convoqué à la gendarmerie, le 20 mars, ils ne s'en inquiétèrent pas outre mesure. Seule Dorine, en les entendant discuter, manifesta une agitation qui mit Jean mal à l'aise, et il eut beaucoup de difficultés à lui faire lâcher prise, sur le seuil de la maison, le lendemain, au moment de partir, au point qu'il fallut que Joseph la retienne par le bras et l'oblige à rentrer.

Jean était loin d'imaginer ce qui l'attendait dans les locaux vétustes où trônait la photo du maréchal Pétain et où il n'avait jamais pénétré sans appréhension. Le brigadier qu'il redoutait tant depuis sa première convocation le fit asseoir face à lui, et lui demanda sans préambule quel emploi il exerçait actuellement.

– Aucun, répondit Jean. On attend le printemps pour faire le jardin.

– Vous n'avez pas entendu parler de la loi du 2 février dernier ?

– Non.

– Vous tombez pourtant sous le coup de cette loi dont je vais vous lire les articles 8 et 9 : « Tout Français ou ressortissant français de sexe masculin résidant en France, de plus de dix-huit ans et de moins de cinquante ans et dont l'aptitude physique aura été constatée médicalement devra pouvoir justifier d'un emploi utile aux besoins du pays. Toute personne visée à l'article précédent qui ne fournira pas cette justification pourra être assujettie à un travail qui lui sera désigné par les services dépendant du secrétaire d'État au travail… »

Le brigadier releva la tête, demanda à Jean :

– Vous pouvez fournir une telle justification ?

– On va faire le jardin, répéta Jean.

– Vous ne m'avez pas bien compris : il s'agit d'un emploi utile aux besoins du pays.

Que répondre à cela ? Jean demeura muet, se sentit coupable sans bien savoir de quoi, comprenant seulement qu'il allait devoir expier une faute commise involontairement. Et une nouvelle fois, il fut submergé par un flot invincible, beaucoup trop fort pour lui, il retrouva sa petitesse du Méjean et ses peurs de l'enfance.

– Ne vous éloignez pas de votre domicile ! ordonna le brigadier en le laissant partir. Je vais transmettre votre dossier à la sous-préfecture.

Où serait-il allé ? Il y avait Dorine, le jardin, les beaux jours qui arrivaient, cette vie en laquelle il avait cru et qui, aujourd'hui, lui apparaissait interdite. Joseph le rassura de son mieux, promit d'agir auprès du maire, et la vie reprit son cours normal, embellie par une douceur précoce de l'air, un avril reverdi de feuilles et de fleurs, la promesse d'un été aussi beau que les précédents.

Joseph était allé voir le maire, qui avait assuré pouvoir intervenir en faveur de Jean, mais ce n'était plus celui qu'il avait connu avant la guerre : il avait été nommé par le préfet, selon les nouvelles dispositions du régime de Vichy. Au retour de Joseph, pourtant, confiant dans sa parole, Jean se sentit un peu rassuré et se consacra de nouveau au jardin, à la pêche, sans trop penser à l'avenir.

La foudre tomba le 10 juin, sous la forme d'une nouvelle convocation à la gendarmerie où lui fut remise une affectation à Francfort, en Allemagne, au titre du STO, dans une usine d'armement. Sa feuille de route précisait qu'il devait se rendre à Montpellier le 16 juin, d'où il partirait pour Paris, et de là, en train, pour Nancy, Strasbourg et l'Allemagne. Il rentra complètement désespéré, ce que ressentit Dorine douloureusement, au point qu'elle se mit à gémir et se tordre les mains, sans qu'aucun des deux hommes ait pourtant prononcé le moindre mot. Ils eurent beaucoup de mal à la calmer, et ne purent discuter devant elle de ce qu'il convenait de faire.

Pour Jean, il était impensable de partir si loin d'elle, sans doute pour longtemps. Elle ne le supporterait pas et deviendrait folle. Il n'obéirait pas à la convocation, de cela au moins, il était sûr.

– Qu'est-ce que tu vas faire, alors ? demanda Joseph dès qu'ils se retrouvèrent seuls.

– Je vais me cacher, mais pas trop loin. Je reviendrai la nuit, le plus souvent possible. Avec toi, elle ne risque rien.

– Les gendarmes vont te chercher.

– Ils ne me trouveront pas. Je vais monter sur le causse.

– Le Méjean ?

– Non, je ne veux pas remonter là-haut et c'est trop loin. Plutôt le Larzac. Dix ou vingt kilomètres, je peux faire l'aller et le retour en une nuit à bicyclette si tu me prêtes la tienne, celle qui est dans l'atelier.

– Qu'est-ce que tu vas dire à Dorine ?

– Je vais essayer de lui faire comprendre. Rappelle-toi quand je suis allé chez Amédée : elle a eu peur au début, et puis elle s'est habituée.

Et il répéta, comme pour s'en persuader :

– Avec toi, elle ne risque rien.

Dès le lendemain, il fit ce qu'il avait envisagé : parler à Dorine, lui expliquer qu'il devait partir travailler loin du village, mais qu'il reviendrait chaque nuit. Le regard qu'elle lui lança le transperça : elle devinait que quelque chose de grave s'était produit, qu'ils étaient menacés l'un et l'autre et qu'elle pouvait le perdre. Dès lors, comme à son habitude, elle ne le lâcha plus, refusa de s'éloigner de plus de cinquante centimètres, et il dut faire preuve d'une grande patience, recommencer à se justifier le plus calmement possible, rassurer, reparler d'Amédée, mentir même, en assurant qu'il fallait à tout prix qu'il travaille pour acheter de la nourriture l'hiver prochain, qu'il avait trouvé de l'embauche à quelques kilomètres sur le plateau du Larzac. Il savait qu'elle ne le croyait pas, sinon quand il affirmait qu'il reviendrait toutes les nuits, ou presque.

– Tu comprends ? La nuit, on ne travaille pas. Je rentrerai et je dormirai avec toi. La journée, tu ne seras pas seule : il y a Joseph.

Elle le considérait de ses yeux transparents avec un tel désespoir, une telle détresse, qu'il renonça à lui expliquer davantage et décida de partir le plus tôt possible, en espérant que Joseph saurait faire face à la situation.

– J'ai réfléchi, dit ce dernier, et j'ai pensé à un cousin qui pourrait t'abriter quelque temps, peut-être. Il habite à Pierrefiche-du-Larzac, un peu après La Roque-Sainte-Marguerite, à une quinzaine de kilomètres d'ici. Tu n'auras pas besoin de passer par

Millau. Tu pourras monter directement à partir de Peyreleau, de l'autre côté de la rivière. Tu pourras aussi faire l'aller-retour la nuit, mais tu devras faire attention, parce que les gendarmes surveilleront peut-être la maison, surtout au début.

– Je me méfierai. Ne t'inquiète pas.

Jean partit donc dans la nuit du 14 au 15, au terme d'une nouvelle et longue discussion avec Dorine, qui devinait que l'heure de la séparation approchait et jetait des regards affolés autour d'elle, comme si elle cherchait quelque chose ou quelqu'un qui pût l'aider. Les jours précédents, les deux hommes avaient remis en état la vieille bicyclette de Joseph, une antique machine très lourde, avec des pneus énormes, sans le moindre changement de vitesse, équipée de garde-boue et d'un porte-bagage où Jean fixa un cageot au moyen d'une cordelette afin d'emporter avec lui quelques effets personnels. Dorine avait suivi ces préparatifs dans cette terreur muette que Joseph et Jean ne savaient comment combattre. Et la nuit venue, au soir du 14, ils eurent bien du mal à la calmer quand Jean monta sur la bicyclette à onze heures et demie.

– Je reviendrai, lui dit-il en prenant sa tête entre ses mains pour capter son regard. Tu m'entends ? Je m'en vais, mais pas loin, pour travailler. Tu n'as pas à avoir peur. Je reviendrai aussi souvent que je le pourrai.

Et, comme elle ne cillait toujours pas, dévastée qu'elle était par un événement trop grand pour elle :

– Dis oui ! Dis-moi que tu as compris !

Elle hocha la tête, mais dès que Jean s'éloigna dans l'allée du jardin, elle gémit douloureusement. Il ne se retourna pas. Il savait que s'il faisait marche arrière, il ne pourrait pas repartir. Il pédala de toutes ses forces jusqu'au pont et traversa la rivière qui lui rappela les nuits de pêche, dans cette paix à laquelle il avait cru avoir droit. Il avala une larme amère qui venait de couler jusqu'à sa bouche, appuya sur les pédales jusqu'à se faire mal, le cœur fou, submergé d'un chagrin qui le fit crier dans la nuit.

20

TOUT de suite après le pont, la route montait en lacets à l'assaut du causse, entre des pans de rocher que la lune éclairait faiblement. La nuit était chaude, pleine du parfum des feuilles rafraîchies par l'ombre qui enveloppait la route étroite où Jean avait dû mettre pied à terre, car la rampe était trop abrupte et la bicyclette trop lourde. Il la poussait devant lui, le cœur battant, cherchant à deviner les obstacles et la nature des formes qui apparaissaient après chaque virage, retrouvant peu à peu les sensations familières venues de son enfance : une certaine âpreté de l'air, l'aridité de l'étendue désertique qui s'étendait maintenant devant lui, dès qu'il eut émergé de la rampe, avec son vent plus vif, ses creux et ses bosses comme rabotés, immensément couvés par un ciel si proche qu'il avait l'impression de pouvoir y accéder.

Il lui fallut une heure pour arriver à La Roque-Sainte-Marguerite et passer le pont sur la Dourbie qui bouillonnait en bas, entre les rochers, puis la route décrivit de nouveaux lacets et il dut remettre pied à terre et monter lentement pendant une demi-heure, avant que les arbres ne disparaissent de nouveau, à l'orée d'un plateau qui lui rappela désagréablement le Méjean.

« C'est un hameau à quatre ou cinq kilomètres de La Roque, avait dit Joseph. Arrête-toi un peu avant. Ne te montre qu'au matin : la nuit, on se méfie de tout. »

Jean entendit aboyer un chien à quelques centaines de mètres devant lui, calcula qu'il devait être à peu près deux heures, et il chercha un creux pour s'abriter et dormir. Il n'eut pas de mal à trouver une doline où il se coucha, son sac sous la tête, et attendit le sommeil. Mais rien à faire : il pensait à Dorine seule dans son lit où, peut-être, elle l'appelait, recroquevillée en chien de fusil comme elle en avait l'habitude, quand elle souffrait. Il pensait aussi à ce qu'il allait découvrir au matin, se demandait si le cousin de Joseph l'accueillerait comme il l'espérait :

« Tu verras, avait-il dit, il est un peu rude, Clovis, mais il a le sens de la famille. »

Et, comme Jean demeurait soucieux, il avait ajouté :

« Tu pourras peut-être l'aider : il a un troupeau, mais aussi des coupes de bois. »

Comment dormir avec ces étoiles si proches qu'il retrouvait ses peurs d'enfant du Méjean, quand il se blottissait contre le rocher pour échapper aux monstres qui l'assaillaient ? Pourquoi fallait-il que sa vie et sa liberté soient toujours menacées ? Est-ce que Dorine ne s'était pas enfuie elle aussi pour se lancer à sa poursuite ? Joseph serait-il assez patient pour s'occuper d'elle comme c'était nécessaire ?

Un oiseau de nuit le frôla et lança son cri aigu dans la nuit qui lui parut hostile de toutes parts. Là-bas, le chien aboya de nouveau, et les mêmes tourments ne cessèrent d'agiter Jean qui fut contraint de se lever et de marcher pour oublier les fantômes qui rôdaient. Mais comment s'en défaire ? Comment envisager l'avenir avec cette menace de devoir partir en Allemagne, de laisser Dorine seule ?

Il marcha jusqu'à l'épuisement, se perdit, puis une nouvelle fois entendit aboyer un chien sur sa gauche et revint vers la doline où il s'allongea de nouveau, à bout de forces. Il put alors dormir une heure avant que le soleil n'apparaisse au-dessus de ces désolations calcaires qu'il connaissait si bien, et qui, inexorablement, le renvoyaient vers cette part de sa vie qu'il avait voulu fuir. Et pourtant le Larzac n'était pas le Méjean : la vastitude grise ou crépue d'herbe rase semblait moins lunaire, moins hostile, plus habitable. Il regarda autour de lui : à part les toits du hameau, à quelques centaines de mètres, on n'apercevait rien, mais au moins des fumées montaient au-dessus des lauzes, là-bas, réveillant chez Jean des envies de café, de feu familier.

Il marcha résolument vers les habitations qui semblaient regroupées comme un petit troupeau pour échapper au vent d'hiver. Il n'eut pas besoin de frapper à une porte, car la première bergerie était ouverte et il découvrit un homme à l'intérieur. Celui-ci ne parut pas du tout surpris de voir apparaître un étranger, et il retint le chien qui grondait.

– Je cherche Clovis Sallefranque, dit Jean.

Et, tout de suite, pour rassurer :

– De la part de son cousin Joseph.

– À l'autre bout du hameau, dit l'homme, la dernière maison.

– Merci.

L'odeur des brebis, de la paille et du crottin l'avait pris à la gorge. C'était bien la même, celle des jours noirs, des grandes peurs, de la solitude, du désespoir. Il ressortit rapidement, escorté par le chien qui jetait de temps en temps cet aboiement rauque que Jean avait entendu pendant la nuit. Toutes les portes des maisons étaient fermées, mais toutes celles des bergeries étaient ouvertes.

Lorsque Jean atteignit la dernière, un homme très grand, très maigre, en sortait, poussant une brouette de fumier. Son regard passa sur Jean comme s'il ne le voyait pas, puis il déversa son chargement et seulement, enfin, il se retourna. Il avait des yeux noirs, un visage long comme un jour sans pain, et sur sa tête un chapeau d'un gris crasseux paraissait avoir cent ans d'âge. Il ne fit pas un geste ni ne prononça la moindre parole le temps que Jean s'approche de lui, un peu inquiet de cette froideur apparente.

– Je suis un ami de votre cousin Joseph Audubert, le menuisier du Rozier. Il m'a dit que peut-être vous pourriez m'aider.

L'homme le dévisagea un moment, demeura muet, mais fit un signe de tête qui pouvait passer pour une approbation et se mit en marche vers sa maison. Dans le doute, Jean le suivit, et l'homme ne se retourna pas avant de racler ses sabots sur le seuil. Puis il poussa la porte, la laissa ouverte, fit un signe de la main pour l'inviter à entrer.

– Assieds-toi ! dit enfin l'homme, tandis que Jean découvrait la cuisine sombre, noire de suie, et la femme aussi sombre, noire des pieds à la tête, qui s'affairait devant l'âtre.

Il s'assit à la table de bois brut, remarqua une maie, une lampe à huile, une horloge, un buffet bas dont s'approcha la femme, une fois que l'homme eut lancé :

– C'est un ami de Joseph. Il va déjeuner avec moi.

Elle posa deux assiettes et deux cuillères sur la table, puis alla chercher une soupière qui réchauffait sur des landiers de fonte dans la cheminée, ne dit mot. Clovis servit Jean qui remercia et attendit que l'homme se mette à manger, puis :

– Joseph m'a dit que vous auriez peut-être du travail pour moi.

Clovis ne répondit pas. Il avala trois ou quatre cuillerées de soupe, demanda :

– Tu te caches toi aussi, pour ne pas partir en Allemagne ?

Décidant de faire confiance, Jean hocha la tête :

– Je ne veux pas partir, parce que j'ai une femme.

– Et tu crois que tu es le seul ?

Jean ne répondit pas. Il ne comprenait pas ce que voulait dire Clovis.

– Je peux pas te donner du travail, parce que je pourrai pas te payer.

Il ajouta, après s'être versé un verre de vin.

– Mais je peux te montrer où ils sont.

– Qui ?

– Ceux qui se cachent, comme toi.

Clovis avala son verre de vin, reprit :

– Le maquis ? T'as pas entendu parler ?

– Non.

– Je peux pas t'en dire plus. Ils le feront, eux, s'ils veulent de toi.

– Où sont-ils ?

– C'est pas difficile : à partir d'ici, il n'y a plus rien : seulement le chemin, ensuite la draille qui ne mène nulle part. Tu n'auras qu'à la suivre. Ils se cachent au bout, dans une bergerie qui menace ruine.

Clovis but une deuxième gorgée de vin, poursuivit :

– Annonce-toi de loin, parce qu'ils sont armés.

– Ils ont des fusils ?

– Pardi ! Pour eux, la guerre n'est pas finie.

Une onde glacée pénétra Jean qui venait de penser à la caserne de Toulouse, à la promiscuité des cantonnements, aux vexations et à la violence quotidiennes, aux trois soldats qui l'avaient intercepté pendant l'exode, dans la forêt, et qui avaient voulu le retenir.

– Je préférerais rester là, dit-il. Je demande pas à être payé, mais seulement nourri.

Il ajouta, comme Clovis levait vers lui un regard étonné :

– J'ai un peu d'argent. Je peux vous dédommager.

À ces mots, la femme s'était retournée et elle s'approcha de la table, en s'essuyant les mains à son tablier.

– S'il pouvait mener le troupeau, dit-elle, ça me soulagerait. Mes jambes ne me portent plus.

Elle était très grosse, le visage rond, des yeux couleur de châtaigne, elle respirait difficilement et ne paraissait pas en bonne santé.

– Un peu plus de soupe ou un peu moins, ça ne changerait pas grand-chose, ajouta-t-elle.

Puis, comme si elle avait outrepassé ses droits, elle retourna à ses occupations.

– Tu sais, dit Clovis, si tu mènes le troupeau, tu les rencontreras.

– Qui ça ?

– Les maquisards.

– Ils peuvent pas m'obliger à les suivre.

– Tu verras bien, soupira Clovis.

Il réfléchit encore quelques secondes, décida :

– Pour le troupeau c'est entendu. Mais je ne veux pas de ton argent. Tu nous aides et on te nourrit. C'est tout.

– Merci, dit Jean.

– Ne me remercie pas. Dis-moi plutôt comment va Joseph. Ça fait bien deux ans que je ne l'ai pas vu. On descend pas tous les jours, tu sais. Il faut du temps pour remonter.

Jean expliqua comment il avait connu Joseph, parla du jardin, de la pêche, de l'atelier, de la maison et enfin de Dorine pour qui il avoua beaucoup s'inquiéter.

– Je redescendrai toutes les nuits, dit-il. Au moins au début, le temps qu'elle s'habitue.

– C'est pas bien prudent, observa Clovis. Si tu te fais prendre, ils t'embarqueront pour la Bochie.

– Ils ne me prendront pas. J'ai l'habitude de vivre la nuit. J'y vois comme en plein jour.

Clovis replia la lame de son couteau, se leva en disant :

– Pour le troupeau, je vais t'expliquer. C'est pas difficile. Tu prends à droite et tu fais un kilomètre. De toute façon, le chien te mènera.

Ils sortirent dans le matin glorieux de juin où déjà la chaleur rampait sur le causse. Jean se sentait soulagé. Il avait trouvé le refuge qu'il espérait, et il comptait bien pouvoir mener la vie qu'il avait imaginée. Dans la lumière neuve qui cascadait à gros bouillons sur la rocaille du Larzac, aucun obstacle à cette nouvelle existence, à cette heure-là, ne lui parut insurmontable.

21

QUINZE JOURS passèrent, sans le moindre incident. Il fallait une heure à Jean pour descendre dans la vallée, et un peu plus de deux pour remonter. Il ne dormait pas beaucoup, mais la journée, parfois, il sommeillait, laissant le troupeau à la garde du chien qui connaissait son métier. Au Rozier, Dorine s'était apaisée, ayant compris qu'il ne l'avait pas abandonnée. Joseph avait reçu la visite des gendarmes au bout de deux jours, et ils lui avaient appris que Jean était porté déserteur. Ils l'avaient menacé de sanctions s'il ne le dénonçait pas au cas où il le reverrait, mais Joseph s'était contenté de hausser les épaules, affirmant qu'à son âge rien de grave ne pouvait lui arriver.

Comme la maison était sans doute surveillée, ils avaient décidé que Dorine attendrait Jean dans le cabanon du jardin, du moins tant qu'il ferait beau. Elle ne s'en était pas inquiétée, car elle y avait retrouvé les heures qu'ils avaient partagées, au début, et il lui semblait naturel de dormir au jardin à la belle saison. Elle ne risquait rien : Joseph partait à la tombée de la nuit et Jean arrivait une heure après. Il repartait un peu avant l'aube et Joseph venait relever ses filets dès qu'il faisait jour.

Sur la route, Jean ne rencontrait personne, ou presque. Comme il l'avait déclaré à Clovis, il y voyait bien la nuit et, tous ses sens aux aguets, il se cachait toujours à temps si quelqu'un s'annonçait. Pour le reste, Clovis et sa femme avaient tenu parole : ils préparaient pour Jean le repas de midi, et le soir, après avoir ramené le troupeau, il dînait avec eux, dans la cuisine sombre qui rappelait désagréablement à Jean celle des vieux du Méjean. Aussi ne s'y attardait-il pas : il allait attendre la nuit près de la bergerie, d'où, impatient, il partait vers la vallée avant qu'elle ne tombe tout à fait. Alors il s'élançait sur sa bicyclette de toute la vitesse de ses jambes, et il dévalait vers le village sans la moindre appréhension, seulement pressé de rassurer celle qui l'attendait sagement assise près du cabanon, les mains croisées sur ses genoux.

Au début de juillet, alors qu'il mangeait son pain et son fromage assis à l'ombre d'un grand rocher, le chien se mit à aboyer soudainement, et partit vers la draille qui passait derrière Jean. Il se leva, vit apparaître cinq hommes, un béret sur la tête, en chemise et short, dont quatre portaient des fusils, et le cinquième, une cartouchière qui lui barrait la poitrine. Jean devina qui ils étaient avant même que le plus petit, celui qui marchait devant les quatre autres d'un pas sec et nerveux, ne lui adresse la parole :

– On sait qui tu es. On a vu Clovis.

Il était frisé, avait les yeux clairs, et dans le visage une dureté que ne parvenait pas à atténuer le sourire qu'il avait esquissé.

– C'est pas prudent ce que tu fais, reprit-il en défiant Jean du regard. Descendre toutes les nuits dans la vallée, c'est pas raisonnable. Si tu étais suivi en remontant ?

– Personne ne me suit, répondit Jean. Je fais attention. Ça ne risque rien.

L'homme s'approcha davantage, comme pour mesurer la véracité de ce que prétendait Jean.

– Nous aussi, on est mariés, dit l'homme. C'est pas pour ça qu'on descend toutes les nuits.

– Moi, je suis obligé, dit Jean.

L'homme le dévisagea avec un peu de commisération, ce qui adoucit l'expression de son regard.

– Je sais ça aussi, dit-il. Je me suis renseigné.

Il ajouta aussitôt, retrouvant son ton sec, habitué à donner des ordres :

– Quand même, c'est pas prudent.

Jean écarta les bras, murmura :

– Je peux pas faire autrement.

– On peut toujours faire autrement, dit l'homme.

– Surtout quand on met les autres en danger ! lança l'un des autres maquisards, qui était très brun et parlait avec un accent catalan.

Un long silence s'installa, puis celui qui commandait parut infléchir le ton de sa voix en demandant :

– Tu sais qui nous sommes ? demanda-t-il.

– Oui. Clovis m'a expliqué.

– Il faut que tu viennes avec nous.

– Non, dit Jean. Je ne peux pas.

– Pourquoi ?

– Je vous l'ai déjà dit.

– On se méfie, dit celui qui avait l'accent catalan. Tu peux parler, en bas.

– Mais non. Bien sûr que non. Je suis comme vous.

– Alors il faut travailler pour nous ! Et ne pas descendre toutes les nuits. C'est trop dangereux.

Jean ne répondit pas. Il avait cependant senti un fléchissement dans le ton du frisé.

– Qu'est-ce que je peux faire ? demanda-t-il.

– Tu peux devenir notre agent de liaison.

– Votre agent de liaison ?

– Oui. En portant des messages.

– Et les donner à qui ?

– À Joseph. Il saura à qui les remettre. Il n'est pas nécessaire que tu le saches, toi.

Jean se mit à réfléchir, mais il était déjà décidé à

accepter pourvu qu'il puisse rester seul et regagner la vallée le plus souvent possible.

– Ainsi ton sort sera lié au nôtre et comme ça, on pourra avoir confiance en toi.

– Joseph est au courant ?

– Il le sera dès que ce sera nécessaire, mais il ne t'en parlera pas : tu lui remettras les messages, un point c'est tout.

Le frisé ajouta d'un ton qui n'admettait pas la moindre contestation.

– Moins tu en sauras, mieux ça vaudra pour lui, pour toi et pour nous.

– C'est d'accord, dit Jean, soulagé.

L'homme lui tendit la main et dit :

– Tu m'appelleras Charles. Et toi, ton nom de code sera Henri.

– Henri ?

– Oui. Henri. Quant à nos amis, là, il n'est pas nécessaire que tu les appelles par leur nom ou par leur prénom.

Jean hocha la tête, ne dit mot.

– De toute façon, tu as intérêt à ne pas faire de conneries, parce qu'on te surveillera.

– J'en ai pas l'intention, dit Jean. La seule chose qui m'intéresse, c'est de pouvoir descendre.

– Oui. J'avais compris, dit le nommé Charles. Mais

pour que ça continue, il faudra marcher droit. Sinon, tu devras venir avec nous.

– C'est entendu. Je vous l'ai déjà dit.

– Alors nous sommes d'accord.

Il fit un signe aux quatre autres qui se levèrent d'un même mouvement, ajouta avant de faire demi-tour en désignant l'homme brun qui était intervenu deux fois au cours de leur conversation :

– Pour les messages, c'est l'Espagnol qui te les portera.

Et ils disparurent aussi soudainement qu'ils étaient arrivés, laissant Jean seul, à la fois inquiet et soulagé par ce qui venait de se passer. Un malaise demeurait en lui, comme s'il venait d'échapper à un danger : le souvenir des trois soldats dans la forêt, lors de l'exode, hantait encore son esprit de façon très désagréable. Il avait échappé de peu à une nouvelle privation de liberté, à cette vie de groupe qu'il avait supportée si difficilement lors de son arrivée à la caserne de Toulouse. Une autre idée, aussi, le préoccupait : ses allées et venues entre le Larzac et le village n'allaient-elles pas être mesurées ? « Pas toutes les nuits », avait dit Charles. Jean allait devoir en convaincre Dorine et cela ne serait pas facile. Enfin, il se demandait comment Joseph avait pu être déjà contacté par les maquisards, et s'il n'allait pas se trouver en danger lui aussi.

Toutes ces questions trottèrent dans sa tête jusqu'à

la nuit, mais elles ne l'empêchèrent pas de descendre au village comme il l'avait fait jusqu'à présent. Avec l'aide de Joseph, il réussit à persuader Dorine de ne plus se voir qu'une nuit sur deux, du moins le crut-il. Il remonta au matin avec la conviction de lui imposer une nouvelle épreuve dont elle devait souffrir en silence.

22

DEUX MOIS passèrent ainsi, et l'automne s'annonça en pluies tièdes et en journées moins longues, qui appelaient la nuit beaucoup plus tôt. Jean et Dorine durent renoncer à se voir au jardin, regagner la maison, mais Joseph n'en parut pas inquiet : les gendarmes avaient interrompu leurs visites depuis la fin juillet. De même n'avait-il pas paru surpris quand Jean lui avait remis un premier message aux alentours du 20 juillet, sans rien connaître de sa destination.

– T'en fais pas, avait-il dit, je n'aurai pas beaucoup à marcher pour le porter.

Conformément aux instructions reçues de Charles, Jean n'avait pas posé de questions : le prix à payer pour pouvoir descendre ne lui paraissait pas excessif, d'autant que les maquisards ne le harcelaient pas. Il les voyait rarement, à part l'Espagnol qui n'apparaissait jamais à la même heure, et toujours furtivement, lui tendait une enveloppe avec un sourire carnassier, vaguement moqueur, et repartait sans un mot.

Tout se passait bien avec Clovis et sa femme qui ne parlaient pas des maquisards, mais Jean avait acquis la conviction que Clovis travaillait aussi pour eux, au moins en les renseignant sur les allées et venues entre la vallée et le Larzac. Jean ne se sentait pas menacé, au contraire : il devinait autour de lui un réseau solidaire et efficace qui le protégeait même lorsqu'il se croyait seul. Au Rozier, il suivait rarement la même route pour gagner la maison, n'hésitait pas à faire de longs détours pour accéder à la cour de Joseph par-derrière, et jamais la moindre silhouette ne s'était manifestée pour l'empêcher de passer ou le contraindre à remonter sur le causse sans avoir vu Dorine.

À chaque changement d'horaire, elle s'était montrée inquiète, anormalement agitée, mais elle s'y était habituée, du moins jusqu'à ce jour, sans tenter de suivre Jean au matin, ni de sortir pour le chercher durant la journée. Jean savait pourtant qu'il ne pouvait pas rompre le lien noué avec elle de façon subite, qu'il fallait toujours la prévenir, lui expliquer, essayer de prévoir ce qui risquait de survenir, comme la neige qui se mit à tomber sur le causse à la mi-novembre, paralysant les routes du plateau.

Il n'y en avait pas en bas, dans la vallée, mais Jean

chuta plusieurs fois dans la descente et il dut mettre pied à terre, ce qui le fit arriver beaucoup plus tard.

– La neige ! lui dit-il. Tu comprends ? Il y a de la neige là-haut. C'est difficile pour descendre.

Elle finit par ciller à deux reprises, ce qui était chez elle le signe que les paroles qu'on lui adressait avaient fait leur chemin dans sa tête, et il en fut un peu rassuré.

La neige fondit heureusement en quelques jours, mais il sut désormais que l'hiver l'empêcherait peut-être de tenir les promesses qu'il renouvelait pourtant scrupuleusement, avant de la quitter, chaque matin, un peu avant l'aube, en la tenant par les épaules, les yeux dans les yeux.

– Est-ce que tu as compris ? demandait-il. Oui ? C'est bien sûr ?

Il ne repartait jamais sans avoir acquis la conviction que la moindre inquiétude l'avait quittée, qu'elle ne se posait pas de questions, qu'elle ne redoutait pas de le perdre.

L'hiver s'installa définitivement début décembre et compliqua sérieusement les allées et venues de Jean qui dut faire face à un froid glacial apporté par un vent du nord qui le laissait transi jusqu'aux os, longtemps après avoir pénétré dans la maison de Joseph ou dans celle de Clovis. Et ce qui devait arriver arriva à la fin du mois, quand, un matin, il n'eut pas la force d'atteindre le causse en raison d'une bronchite qui s'était transformée en pneumonie à cause, précisément, du froid qu'il affrontait chaque nuit sans être suffisamment protégé. Les jambes coupées, le souffle court, il se laissa tomber entre deux genévriers à l'abri du vent près de la route, et tenta vainement de se reposer avant de repartir, mais il ne le put pas.

Ce fut Clovis qui le trouva vers midi, alors que, inquiet de ne pas l'avoir vu remonter, il était parti à sa recherche, malgré les –10 degrés que marquait le thermomètre. Il passa un bras de Jean autour de ses épaules et le hissa tant bien que mal jusqu'en haut, puis il le traîna jusqu'à sa maison où il l'installa près du foyer et lui fit boire du vin chaud mêlé à un peu d'eau-de-vie. Après quoi la femme de Clovis lui posa sur la poitrine un cataplasme de moutarde censé éliminer le mal. C'était là leur manière de se soigner, n'ayant pas l'habitude de faire appel au médecin, et Jean, une fois de plus, comme lors de son passage en Auvergne, se mit à délirer tout en luttant contre la maladie, qui, en huit jours, le laissa à bout de forces, incapable de reprendre le chemin du village où Clovis, trois jours après avoir ramassé Jean au bord de la route, était descendu pour expliquer à Joseph ce qui se passait.

Heureusement, car Dorine, qui n'admettait pas de ne plus voir Jean, s'était enfuie à sa recherche un jour, en début d'après-midi. Joseph avait eu toutes les peines du monde à la retrouver, tremblante de froid et d'angoisse, dans le cabanon du jardin. Ce ne fut pas facile de lui expliquer pourquoi Jean ne venait plus, et Joseph ne la quitta plus du regard pendant les huit jours durant lesquels Jean n'apparut pas. Elle fugua une deuxième fois, et, réalisant qu'il ne parviendrait pas à la retenir, Joseph dut prendre le risque de louer une charrette et un cheval pour monter sur le Larzac où, découvrant Jean allongé et amaigri, elle parut comprendre enfin pourquoi elle ne l'avait plus vu.

Ils eurent beaucoup de difficultés à la faire remonter sur l'attelage, d'autant que la neige se remit à tomber et qu'il fallut repartir très vite, alors que Dorine s'accrochait à Jean et refusait de le lâcher. Il lui promit de descendre comme avant, l'accompagna jusqu'à la voiture en tremblant sur ses jambes, et il tint parole le lendemain, malgré la neige qui ne fondait plus. Les jours suivants, il lutta de toutes ses forces pour tenir sa promesse, y parvint au prix d'une dépense d'énergie qui le laissa squelettique, complètement épuisé, mais soulagé de savoir que, pour elle, il était capable de surmonter tous les obstacles qui se dressaient devant lui.

23

Ce ne fut pas la neige qui l'empêcha d'accéder à la maison de Joseph, le 4 mars, mais deux hommes qui fondirent sur lui au moment où il s'y attendait le moins, c'est-à-dire un peu avant le pont sur la Dourbie, au bas de la descente, alors qu'il se réjouissait déjà à l'idée de prendre Dorine dans ses bras. Il n'eut même pas le temps de jeter l'enveloppe qu'il portait cette nuit-là, conformément aux instructions que lui avait transmises Charles dès sa première mission :

« Au moindre danger, tu t'en débarrasses, n'importe où ! »

Il sentit qu'on lui attachait les mains dans le dos, qu'on le poussait pour le faire entrer dans la voiture qui attendait dissimulée derrière un mur, au départ d'un chemin adjacent. Il songea avec un certain soulagement qu'il se trouvait loin de la maison de Joseph, tenta d'apercevoir les visages de ses ravisseurs dans l'ombre, mais il ne reconnut personne et sa seule préoccupation, dès lors, fut de se demander comment il allait pouvoir faire disparaître l'enveloppe cachée dans sa chaussette droite, avant d'arriver à destination. Il songea que, heureusement, lors de chaque descente, il laissait toujours le portrait de sa mère dans son sac à l'abri de la bergerie de Clovis. Ça, au moins, on ne le lui prendrait pas.

Il comprit très vite que la voiture se dirigeait vers Millau car c'était une route qu'il avait parcourue plusieurs fois. Ils atteignirent la ville vingt minutes plus tard, sans que nul n'ait prononcé le moindre mot. Parvenus dans une cour pavée, les miliciens le firent sortir sans ménagement, l'entraînèrent vers un bâtiment précédé d'une terrasse, puis dans une pièce éclairée par une faible lampe où, en appuyant sur ses épaules, ils le forcèrent à s'asseoir.

– Fouillez-le ! ordonna l'homme qui s'était levé dès que Jean avait pénétré dans la pièce.

Il portait un uniforme à épaulettes maintenu à la taille par une large ceinture de cuir, et une autre, plus petite, en travers de la poitrine. Les deux miliciens qui avaient arrêté Jean le fouillèrent comme leur avait ordonné leur supérieur, et il espéra un instant qu'ils ne trouveraient pas l'enveloppe, peu épaisse, qu'il avait attachée autour de son mollet, très bas, juste au-dessus de la cheville. Mais cet espoir fut de courte durée, et l'un des deux hommes la brandit devant son chef, triomphant :

– J'en étais sûr ! Ça fait longtemps qu'on surveillait cette ordure !

Il la remit à son supérieur qui s'assit, la décacheta, lut le message en silence, puis il s'approcha de Jean en contournant son bureau et lui dit d'une voix vibrante de menace :

– Tu vas me dire qui t'a donné cette enveloppe et à qui elle est destinée !

Et, comme Jean ne réagissait pas, il lui asséna un violent coup de poing qui le fit se plier en deux puis s'affaisser, le souffle coupé. Ce fut le début d'une nuit de souffrance, inimaginable pour lui que la violence avait toujours désarmé, rendu incapable de se rebeller. Dans l'état de semi-conscience où il se trouva rapidement, une obsession demeura en lui : ne pas parler, protéger Joseph qui veillait sur Dorine. Il réussit à s'évader par l'esprit, à n'être plus que la pauvre chose qu'il avait longtemps été, quand il se blottissait contre les rochers pour échapper aux monstres de son enfance. C'est ainsi qu'il régressa durant toute la nuit, oubliant le présent pour se réfugier dans ce passé lointain qui n'avait été que douleur, une douleur familière qu'il avait fini par apprivoiser.

Quand il revint à lui, il était allongé dans une pièce sombre où un rai de lumière coulait d'un soupirail : le jour se levait en éclairant faiblement la sorte de cave dans laquelle il gisait. Une idée folle le fit se dresser : n'avait-il pas parlé ? Non, sans doute pas. Il n'avait été qu'un bloc de refus, de silence, d'entêtement viscéral. Personne ne lui ferait avouer que le message qu'il portait était destiné à Joseph : il était sûr de cela, malgré les gémissements que lui arrachait le moindre mouvement, alors qu'il tentait de s'appuyer du dos contre le mur.

Il chercha à se rassurer en se disant que Dorine ne s'inquiéterait pas vraiment avant quarante-huit heures, et que, d'ici là, on l'aurait relâché ou qu'il se serait échappé. Il imagina toutes sortes de tentatives d'évasion, mais cela ne dura pas longtemps, tant cette cave froide lui paraissait hostile et ses murs infranchissables. Il dut attendre plus d'une heure avant que quelqu'un ne se manifeste, sous l'apparence d'un milicien qui lui jeta un morceau de pain et repartit sans lui avoir adressé un mot.

Il comprit qu'il avait du sang sur lui quand il porta la main droite à sa bouche pour manger. Il eut la vision insupportable de Joseph et de Dorine en sang, eux aussi, mais parvint à s'en débarrasser en se persuadant une nouvelle fois qu'il n'avait pas parlé. Se nourrir lui fit du bien : c'était une manière de retrouver une occupation familière, à l'écart des menaces qui pesaient sur lui, et dont il ne savait à quoi elles allaient aboutir. Il devinait seulement qu'il allait devoir puiser au plus profond de lui les forces nécessaires pour ne pas mettre en danger ses proches aussi bien que les maquisards qui dépendaient de lui.

Il était loin d'imaginer les épreuves qui l'attendaient après un transfert en traction, serré entre deux miliciens, vers la prison allemande de Montpellier. Il comprit dès le début de l'après-midi, quand la voiture noire sortit de Millau puis s'engagea sur les pentes du Larzac en direction de La Cavalerie, qu'il s'éloignait de Joseph et de Dorine, et quelque chose en lui se révulsa douloureusement. Il eut alors un élan désespéré vers la portière mais un coup sur la tête mit fin à cette tentative de rébellion. Il devait fuir, pourtant, échapper à ces hommes redoutables qui l'emmenaient vers une destination inconnue, très loin de celle qui avait tant besoin de lui.

Il en eut l'occasion quand la traction fit une halte un peu avant Le Caylar et que les miliciens lui détachèrent les mains pour qu'il puisse satisfaire un besoin naturel. Il se mit alors à courir sur le plateau, mais il fut très vite rattrapé par le plus jeune d'entre eux qui le plaqua au sol avant que le deuxième ne lui repasse les menottes.

– Si tu recommences, lança-t-il, on te tirera comme un lapin !

Le voyage sembla à Jean interminable jusqu'à la grande ville qu'il avait traversée avec Fabre, l'automne où il l'avait accompagné à Saint-Marcel, puis seul, quand il était allé chez les parents de Julien, peu après l'armistice. Enfin, à sept heures du soir, on le poussa vers une cellule occupée par deux hommes, ce qui le réconforta un peu. Il voulut alors parler à ces prisonniers, leur demander où il se trouvait, ce qui allait se passer, mais ils ne lui répondirent pas. Comme il insistait, le plus proche de lui, qui était jeune, avait les cheveux blonds, les yeux clairs, fit un signe de tête de droite à gauche à plusieurs reprises. L'autre, qui devait avoir la cinquantaine, était couvert de sang et gémissait doucement. Alors Jean se rapprocha de lui pour l'aider, mais le plus jeune fit le même signe négatif de la tête, et Jean demeura stupide, se demandant ce que pouvait bien signifier tout cela.

Ce ne fut que vers huit heures du soir, quand un gardien vêtu d'un uniforme allemand vint chercher celui qui était en sang, que le blond chuchota à l'oreille de Jean :

– Faut pas parler. C'est un mouchard.

– Où sommes-nous, ici ? demanda Jean.

– À Montpellier. Prison allemande. Tais-toi, maintenant.

Jean se rencogna, désespéré de se savoir si loin du village où l'attendait Dorine. Le gardien revint un peu plus tard, leur donna une miche de pain gris, versa de l'eau dans une cruche, ressortit en lançant une insulte que Jean ne comprit pas. Peu après, l'homme couvert de sang regagna la cellule, soutenu par deux soldats qui le jetèrent sur le sol et firent semblant de lui décocher un coup de pied.

Ils coupèrent l'électricité depuis le couloir et la cellule tomba dans une épaisse obscurité, qui donna à Jean la sensation d'une solitude terrible et définitive. Il s'endormit sans trouver la force d'essuyer ses yeux qui pleuraient sans qu'il s'en rende compte.

24

Un mois passa, durant lequel il sombra dans un état d'hébétude que ne parvinrent même plus à dissiper les interrogatoires de la Gestapo qui se succédèrent de façon régulière et méthodique. Il avait presque oublié Dorine, Joseph, n'était plus qu'une plaie souffrante dont la seule obsession était de demeurer muet, inaccessible à ses tourmenteurs, puis tout cessa subitement à la mi-avril, quand on le fit monter dans un camion avec une dizaine de prisonniers, comme lui couverts de plaies et le regard plein d'effroi. Jean se demanda s'il ne s'éloignait pas davantage de Dorine, mais son esprit avait du mal à se concentrer sur cette part de sa vie qui lui paraissait à la fois terriblement lointaine et cependant porteuse d'une épouvantable menace.

Le fait d'être enfin sorti de la prison allemande, des murs sans lumière, de pouvoir à travers la bâche arrière du camion apercevoir les rues de la ville puis, une heure plus tard, des arbres et des champs, lui redonna quelques forces et ranima en lui un peu d'espoir. Mais pas longtemps, hélas : le camion entra vers midi dans les rues d'une autre ville, un peu moins grande, sembla-t-il à Jean, dont il aperçut fugacement le panneau indicateur : Nîmes. Qu'est-ce que tout cela signifiait ? Où se trouvait cette ville inconnue par rapport à Millau ? Était-elle plus éloignée ou plus proche que Montpellier ? Comment savoir ?

Une fois dans la cellule où ils se retrouvèrent à quatre, il interrogea l'un des prisonniers qui, contrairement à celui de la prison de Montpellier, n'hésita pas à lui répondre :

– Guère plus. Mais je suis sûr que nous n'allons pas rester là longtemps.

Ils y demeurèrent cependant un mois, mais sans subir le moindre interrogatoire : la Gestapo aussi bien que la police française considéraient que le travail avait été fait à Montpellier, que ces prisonniers ne livreraient rien de plus que ce qu'ils avaient avoué. Ils allaient suivre le chemin tracé depuis des mois pour ceux dont elles voulaient se débarrasser : d'abord le centre de regroupement d'Eysses, puis un camp en Allemagne dont tout le monde, encore, ignorait le nom : Dachau.

Cependant, ces hommes, au fil des jours, retrouvaient des forces, reprenaient apparence humaine.

Surtout l'un d'entre eux, grand, carré, les yeux couleur de noisette, qui dormait près de Jean et lui avait chuchoté qu'à la première occasion il s'évaderait. C'était le mot que Jean attendait – qu'il espérait. Cet homme-là ressemblait à Fabre. On sentait une grande force en lui. Depuis quelques jours, la présence de ces compagnons durs au mal avait redonné à Jean une énergie qu'il croyait épuisée. Joseph et Dorine ne lui apparaissaient plus comme des fantômes lointains, mais comme des êtres vivants qui l'attendaient. Il en était certain. Il ne pouvait pas en être autrement. Il devait fuir, les rejoindre le plus vite possible. Il ignorait que son voisin, à qui, dans sa solitude et son désespoir, il faisait confiance, avait été l'un des chefs de la Résistance en Aveyron, et que ses camarades de combat avaient suivi sa trace pour le faire évader. Ils avaient des connivences dans la prison même, et à l'extérieur chez les fonctionnaires chargés d'organiser les convois vers Dachau.

Ainsi Jean trouva la circonstance favorable qu'il guettait depuis près de deux mois lors d'un transfert vers Eysses, sans même à avoir à prendre la moindre initiative : en pleine campagne, dans une petite gare, la porte du dernier wagon où il se trouvait s'ouvrit comme miraculeusement – en réalité par l'entremise d'un cheminot résistant qui effectua la manœuvre nécessaire une fois le wagon immobilisé à cause d'un défaut de signalisation. Des hommes en armes semblables à ceux que Jean avait rencontrés sur le Larzac attendaient les fuyards à moins d'un kilomètre de là. Ils connaissaient tous le compagnon de cellule de Jean, qu'ils appelèrent Édouard en l'embrassant comme s'ils étaient frères. Puis ils les firent monter dans un camion qui s'éloigna rapidement en direction des montagnes que l'on apercevait au loin, très loin, et qui étaient les contreforts des Cévennes. Mais ils ne parcoururent pas plus de dix kilomètres sur une petite route qui sinuait entre les collines, après avoir quitté la grande plaine où se trouvaient les grandes voies de communication.

À partir de là, les maquisards s'enfoncèrent dans des bois de chênes et de châtaigniers, et Jean ne put faire autrement que de suivre ce groupe qui, comme lui, avait subi des interrogatoires en prison. Ils marchèrent jusqu'au soir en direction de Ganges, firent une halte dans un bois où Jean put enfin s'approcher d'Édouard et lui demander où ils allaient.

– Entre Ganges et Le Vigan, répondit-il.

– C'est loin de Millau ?

– Pas loin du Larzac, en tout cas. En cas de problème, on pourra s'y replier.

Le mot de Larzac rendit un instant espoir à Jean, qui n'envisageait pas du tout de rester avec ces hommes dont le seul objectif était de se réorganiser avant d'agir contre l'occupant. Il en fit part à Édouard, qui paraissait diriger le groupe car c'était à lui que s'adressaient les résistants quand il s'agissait de prendre une décision. Jean n'avait plus qu'une hâte, une seule obsession : rejoindre Dorine et Joseph.

– Tu dois rester avec nous, lui dit Édouard. Tu auras le temps, après, de t'occuper de ta famille.

– Je ne peux pas, dit Jean. Ma femme est malade. Très malade.

C'était la seule explication plausible qu'il avait trouvée pour justifier ce qui pouvait passer pour une désertion.

– On en reparlera, trancha Édouard en lui posant une main amicale sur l'épaule. Pour le moment, suis-nous, puisque de toute façon on se rapproche de chez toi.

Après quoi Édouard le questionna sur la vie qu'il avait menée sur le Larzac, et son activité d'agent de liaison entre ceux du plateau et le village du Rozier. Jean dut expliquer ce qu'il avait fait, combien de temps cela avait duré, et comment il avait été arrêté.

– Tu n'as pas été prudent, observa Édouard. Personne ne t'avait appris les règles de sécurité ?

Et il ajouta, visiblement contrarié :

– Si ça se trouve, tout le réseau est tombé.

Cette conclusion parut de très mauvais augure

à Jean, mais elle ne fit qu'amplifier sa résolution de retrouver Dorine le plus vite possible.

Il marcha pendant cinq jours auprès de ses compagnons, dépassant Quissac, Sauve, Saint-Hippolyte-du-Fort, Ganges, enfin, d'où ils montèrent dans les grands bois qui jouxtaient le Larzac à l'ouest, un peu au sud du Vigan. Jean parlait peu, restait isolé lors des repas improvisés, passait auprès des autres pour un rustre un peu simple et seuls ses rapports directs et amicaux avec Édouard lui évitaient les plaisanteries et les sarcasmes. D'autant plus qu'ils étaient au courant de son obsession de retrouver sa femme et se moquaient de lui, non sans proférer les grivoiseries de circonstance. Il en souffrait mais ne se rebellait pas. Il comprenait parfaitement que, pour ces hommes, le combat contre l'ennemi passait avant tout. Mais pour Dorine, il était vital qu'il agisse rapidement, et son impatience ne faisait que renforcer son sentiment de culpabilité.

Un mois passa ainsi, dans une immobilité qu'il se reprochait chaque jour un peu plus. Au début de juin, il s'adressa de nouveau à Édouard en ces termes :

– Laisse-moi partir. Il le faut. Elle ne peut pas vivre sans moi.

– Le Débarquement est proche, dit Édouard. On va avoir besoin de tout le monde. Patiente encore un peu.

Mais Jean n'y tint plus. Il n'avait que trop attendu. Le matin du 6 juin, alors qu'il était de corvée pour aller creuser des feuillées dans le bois voisin du refuge, il posa sa pioche et partit droit devant lui.

25

IL MARCHA toute la journée sans s'arrêter en direction de l'ouest, dormit dans une bergerie, et, dès le lendemain, après avoir monté une route en lacets, déboucha sur un plateau qui lui parut être le Larzac. C'était bien les mêmes étendues grises et rocheuses, les mêmes genévriers, les mêmes lavognes, le même air aussi lumineux dans un ciel hanté de rapaces qui tournaient interminablement. Seul, désormais, un peu perdu, mais poussé par une nécessité qui le contraignait à avancer le plus vite possible, il ignorait qu'il s'était enfui le matin même du débarquement en Normandie et que les événements, sur le Larzac comme ailleurs, allaient se précipiter.

Il erra pendant huit jours en demandant du pain dans les mas isolés du plateau, parvint enfin à retrouver la maison de Clovis et de sa femme. Ceux-ci lui avouèrent qu'ils n'avaient aucune nouvelle de Joseph depuis un long moment, et ils lui déconseillèrent de se rendre au Rozier, car cela n'augurait rien de bon. Mais Jean n'avait pas fait tout ce chemin pour renoncer aujourd'hui, et il résolut de descendre dès la nuit qui suivit son arrivée : une nuit de pleine lune, saturée du parfum de l'herbe coupée dans les prés de la vallée, le long de la rivière.

Il fit une halte au cabanon, espérant que la belle saison aurait ramené Joseph et Dorine au jardin où ils avaient été si heureux, mais il n'y avait personne et son cœur se serra d'appréhension. Il se baigna, car il faisait très chaud, encore, la relative fraîcheur de la nuit n'ayant pas dissipé la canicule du jour. Puis, sans se soucier du danger qu'il courait en revenant ainsi sur les lieux où il avait été arrêté, il se dirigea vers la maison de Joseph et entra dans la cour par-derrière, comme il en avait pris l'habitude avant son arrestation. Il s'approcha de la porte le cœur battant, frappa plusieurs coups, mais personne ne se manifesta à l'intérieur. Il frappa encore, puis il pesa sur la poignée et, à sa grande surprise, la porte s'ouvrit aussitôt. Alors, évitant d'allumer, il appela doucement :

– Dorine, c'est moi.

Puis, comme nul ne répondait :

– Joseph ! Joseph !

Il poussa la porte des chambres, découvrit les lits vides, et ce fut comme si ses jambes se dérobaient sous lui : personne. Il n'y avait personne. Que s'était-il passé ? Il tenta de se rassurer en se disant que Dorine, au moins, n'était pas restée seule s'il était arrivé malheur à Joseph, mais quelque chose en lui s'était noué, le frappant d'une appréhension qui lui coupait le souffle. Que faire ? À qui s'adresser ? Il se dit alors que Joseph, se sentant menacé, avait peut-être quitté les lieux en emmenant Dorine avec lui, et il s'attacha à cette pensée lénifiante qui, pourtant, ne lui suggérait pas quelle décision prendre.

Il se sentit tellement fatigué qu'il se coucha et s'endormit sur-le-champ, visité par l'idée un peu folle qu'à son réveil, Joseph et Dorine seraient revenus. Mais il ne dormit pas longtemps, car une angoisse sourde le hantait jusque dans son sommeil. La seule chose à faire était de remonter sur le Larzac avant le jour et de redescendre la nuit suivante en espérant que l'absence de Joseph et de Dorine n'avait été provoquée que par une nécessité provisoire.

Il reprit donc la route du plateau, et, une fois en haut, essaya, malgré le risque d'être enrôlé de force, de se rapprocher des maquisards de Charles pour obtenir des nouvelles de Joseph. Clovis lui apprit qu'ils étaient partis pour rejoindre un groupe plus important aux alentours de La Couvertoirade. Il vit Jean si désespéré qu'il lui proposa de se rendre lui-même au Rozier pour tenter de se renseigner auprès du maire, qu'il connaissait. Ce qu'il fit le lendemain, de jour, car il n'était pas recherché, lui, ses soixante ans le mettant à l'abri du STO ou des réquisitions. Il revint en fin d'après-midi, épuisé, un long moment muet avant d'avouer :

– Joseph a été arrêté il y a deux mois.

– Et Dorine ? hurla Jean.

– On ne sait pas ce qu'elle est devenue. L'arrestation a eu lieu de nuit. Au matin, toutes les portes étaient ouvertes. Elle n'était plus là.

– Elle a été arrêtée elle aussi ? gémit Jean qui était sur le point de s'évanouir en l'imaginant face à un interrogatoire semblable à ceux qu'il avait subis.

– Non. Le maire ne pense pas. À son avis, elle s'est enfuie, tout simplement.

– C'est ce qu'il croit ou est-ce qu'il en est sûr ?

– Il en est à peu près sûr.

La douleur coupa la parole à Jean. Il l'imaginait fuyant dans la nuit, le cherchant sans fin, criant son nom, ou jetée en prison et incapable de comprendre ce qui lui arrivait. Cette douleur lui enleva toute raison et il partit comme un fou vers la vallée, sans écouter Clovis qui cherchait à le retenir.

Ce fut le début d'une errance qui dura des jours et des jours malgré les dangers, de ferme en ferme ou de village en village où il se renseignait, en vain, chaque fois. À la fin, à bout de forces et de souffrance, il prit le risque d'entrer dans Millau tout en essayant d'éviter les soldats allemands, la Gestapo et la police française. Il se cacha comme il le put, posant des questions à des hommes et à des femmes méfiants, qui lui répondaient du bout des lèvres. Un soir, il tomba dans une ruelle et ne put se relever. En le découvrant si maigre, si souffreteux, incapable de tenir sur ses jambes, un homme vint à son secours et, un bras passé sous ses épaules, lui proposa de le conduire à l'hôpital qui était tout proche.

Jean s'y résolut avec un ultime espoir au fond de lui : Dorine s'y trouvait peut-être ? Cette idée secourable le fit avancer une fois encore, mais il s'évanouit de nouveau dans le hall.

Il se réveilla dans une grande salle où étaient alignés une vingtaine de lits, après avoir dormi pendant vingt-quatre heures. Une infirmière blonde, aux grands yeux bleus, lui expliqua ce qu'il s'était passé, et lui recommanda de manger le plus possible. Elle lui demanda pourquoi il se trouvait dans une telle situation, et il lui raconta ce qu'il avait vécu depuis des semaines, son souci de retrouver Dorine le plus rapidement possible et pourquoi.

– Comment est-elle votre femme ? Blonde ? Brune ?

– Brune avec des yeux verts, très clairs, répondit-il.

– Quel âge ?

– Vingt-deux ans.

– Comment s'appelle-t-elle ?

– Dorine Camoins.

– Ah !

– Vous la connaissez ? demanda brusquement Jean, qui avait vu s'allumer dans les yeux de l'infirmière une lueur étrange.

– Non, répondit-elle. Je ne crois pas.

Mais elle se détourna rapidement et il garda de ce bref échange une sensation de malaise et de peur.

Au bout de trois jours, remis sur pied par le repos et la nourriture, il demanda au médecin-chef qui passait en visite tous les matins, à sortir pour retrouver Dorine.

– C'est trop dangereux, répondit l'homme en blouse blanche, aux cheveux coupés très court, aux yeux d'un noir profond. Ici, vous êtes en sécurité, mais vous ne le serez pas dehors. Il y a des soldats et des policiers partout. Le Débarquement les a rendus fous.

Et, comme Jean insistait en s'expliquant sur Dorine et la nécessité de la retrouver très vite :

– Patientez un peu. Ils ne vont pas tenir longtemps.

Mais Jean ne put s'y résoudre. Il devait à tout prix continuer ses recherches. D'autant qu'il se sentait mal dans cette grande pièce où dormaient une vingtaine d'hommes qui lui rappelaient les chambrées de l'armée. Il fugua, mais il y avait tellement de soldats et de policiers dans les rues de la ville, qu'il revint, effrayé, à l'hôpital au bout d'une heure, s'attirant les reproches du médecin-chef et de l'infirmière. Ceux-ci, comprenant qu'il n'hésiterait pas à se remettre en danger pour retrouver celle qu'il cherchait, le firent venir dans un bureau, et, avec beaucoup de précautions, après l'avoir fait asseoir, lui avouèrent qu'ils avaient connu une jeune femme qui ressemblait au signalement qu'il donnait.

– Où est-elle ? fit-il en se dressant brusquement sur sa chaise.

– Elle n'est plus là, répondit le médecin.

– Où est-elle ? répéta Jean, le regard fou, halluciné.

– Asseyez-vous et écoutez-moi, dit l'homme d'une voix très douce. Quand on nous l'a amenée, elle était comme vous, à bout de forces. Elle avait marché longtemps, elle était épuisée et ne savait dire que deux mots : « Jean », et « parti ».

– C'était elle, dit Jean.

– Oui, dit le médecin : c'était elle. Nous aussi, nous en sommes certains aujourd'hui.

– Où est-elle ? demanda Jean de nouveau, prêt à s'élancer.

– Écoutez-moi, s'il vous plaît : on l'a soignée, on l'a nourrie en lui donnant à manger à la cuillère, comme à une enfant.

– Où est-elle ? hurla Jean.

– On n'a pas pu la garder : on avait trop de monde, trop de blessés. On l'a conduite à l'hospice.

Le médecin se tut un bref instant, soupira :

– Ils ont essayé de la sauver, de la nourrir comme nous, mais ils n'ont rien pu faire.

Puis, comme Jean s'était affaissé, tassé sur sa chaise, submergé par ce qu'il venait d'apprendre :

– Elle s'est laissée mourir de faim.

Le médecin soupira une nouvelle fois, puis il se leva et dit :

– Mademoiselle Mazel va vous ramener dans votre chambre, et on va vous garder quelques jours de plus. D'ici là, il n'y aura plus de danger dans la ville.

Jean ne répondit pas. L'infirmière blonde le prit par le bras, le soutint jusqu'à son lit où elle l'invita à se coucher en disant :

– Je vais vous faire une piqûre. Vous allez pouvoir dormir.

Il ne répondit pas davantage. Il s'était absenté du monde afin d'échapper à une douleur trop forte pour lui. Ce fut comme si une part de son esprit se fermait à la réalité, s'y refusait définitivement. Il s'endormit comme on meurt, torturé par le peu de conscience qu'il lui restait.

LA MER

26

LE 22 AOÛT au matin, les Allemands quittèrent Millau et la ville, libérée, fut pavoisée de drapeaux et de guirlandes, tandis que les maquisards défilaient sur les boulevards sous les acclamations. Dès le lendemain, tout danger étant écarté, Jean Dolin sortit de l'hôpital, marcha au hasard dans les rues de la ville, puis partit en direction du Rozier où il arriva vers le soir, dans cet état d'hébétude dont il ne s'extrayait plus que par instants, pour quelques éclairs de lucidité qui, aussitôt, le dévastaient.

Il se rendit machinalement, sans même y penser, à la maison de Joseph et trouva les portes closes, contrairement à sa précédente visite. Il n'insista pas, et il prit la direction du cabanon dont la porte n'était pas fermée. Il y entra, se coucha, et dormit toute la nuit avec la sensation, si souvent éprouvée, de s'abriter dans un refuge. Le lendemain matin, Jean revint vers le village, rôda un moment aux alentours de la maison de Joseph, s'approcha de celle du maire, frappa à la porte. Une femme maigre aux cheveux blancs rassemblés en chignon, vêtue d'un tablier à fleurs auquel elle ne cessait de s'essuyer les mains dans un geste machinal, lui ouvrit et lui demanda ce qu'il voulait, sans paraître étonnée de sa présence. Une fois qu'il se fut expliqué, elle lui répondit d'une voix résignée :

– Joseph a été arrêté il y a longtemps et on ne l'a plus revu. Son fils a été prévenu et il est venu fermer la maison.

Elle soupira, lâcha son tablier, ajouta :

– Mon mari aussi a été arrêté. Je ne sais pas où il est.

Elle eut une sorte de grimace comme pour étouffer un sanglot, puis elle reprit, un ton plus bas :

– On dit qu'ils les ont conduits vers Paris, et, de là, vers l'Allemagne. Vous croyez que c'est possible, ça ?

– Je ne sais pas, dit Jean.

Il remercia, demeura un moment immobile, bras ballants, devant elle, puis, comme il ne trouvait rien à ajouter, il repartit vers le cabanon où, à midi, il se nourrit de quelques légumes : poireaux et choux d'hiver à moitié grignotés par la sauvagine. Quand il eut terminé, il se mit à tourner en rond dans le jardin, parlant à des ombres, tendant parfois les mains vers elles, les suppliant de lui répondre. Il monta sur la barque, jeta le filet, prit quelques poissons qui, avec les légumes, l'aidèrent à subsister pendant huit jours.

Un matin, en se réveillant, lui vint à l'esprit la silhouette de Fabre. Une branche solide, un homme fort. Il se souvint d'une présence précieuse sur laquelle, peut-être, il pourrait s'appuyer pour vivre, ou plutôt pour survivre, et une sorte d'instinct le poussa à partir.

Il s'en alla au début de septembre, droit vers le sud, par le Larzac, se répétant les mots de Fabre : « Montpellier, Narbonne, Saint-Marcel », marchant la journée le long de la route où, parfois, une voiture le prenait sans même qu'il fasse un geste pour l'arrêter. Il marcha, marcha encore, poussé par une force secrète et vitale, avec, devant ses yeux, Julien Fabre qui lui souriait.

Il lui fallut huit jours pour arriver jusqu'à la maison des vignerons qui l'avaient accueilli à deux reprises. Là, se trouvaient seulement la mère et le père de Julien, et c'est à peine si Jean les reconnut, tant ils avaient changé.

– Antoine a rejoint la Résistance, lui dit le père.

– Et Julien ?

Le père hésita, puis :

– Il était dans un camp, à Königsberg, en Prusse-Orientale.

– Au début, il a écrit, précisa la mère, mais on n'a plus de nouvelles depuis un an.

– Alors, il n'est pas revenu ?

– Non, répondit la mère.

– Il sera là quand ?

– Comment voulez-vous qu'on le sache ?

À ses paroles incohérentes, ils comprirent que Jean n'avait plus toute sa tête. Ils l'abritèrent pendant une nuit, lui proposèrent de rester quelque temps, mais Jean refusa. Il devait absolument trouver celui qui l'aiderait à traverser le désert des jours, à lutter contre la vague sombre et froide qui l'avait submergé. Une voix lui soufflait qu'il devait à tout prix s'appuyer sur une épaule fraternelle, celle dont il avait si longtemps rêvé, sans quoi il allait basculer définitivement dans le gouffre ouvert sous ses pieds.

Il repartit le surlendemain sur la route de Narbonne, atteignit Marcorignan où il reconnut l'école où avait vécu Mélanie, la promise de Fabre. Elle ne s'y trouvait plus, avait quitté le village en 1943 – ce que lui apprit l'institutrice qui l'avait remplacée.

Jean continua vers Narbonne, persuadé que Fabre l'attendait plus loin. Il y arriva avec une certaine satisfaction, comme s'il touchait au but. Il resta huit jours dans la ville, vagabondant de la place de la mairie jusqu'aux boulevards extérieurs où l'éclat de la lumière d'un automne clair et sec lui était secourable.

Le matin, il aidait les barquiers à décharger leurs marchandises, sur le canal de la Robine qui relie le canal du Midi à la mer, et ils lui donnaient une pièce pour qu'il puisse subsister. Ensuite, il errait depuis l'Hôtel-Dieu jusqu'à la promenade des Barques, de la cathédrale Saint-Just au boulevard Gambetta, et il dormait sous un porche, en face de l'Hôtel-Dieu. Les habitants s'habituèrent à cette silhouette désemparée, une sorte de fantôme décharné, au regard perdu, qui leur demandait parfois s'ils connaissaient Julien Fabre.

Et puis un jour, depuis la ville haute où il s'était aventuré, Jean aperçut au loin la montagne de la Clape, qui lui rappela quelque chose d'important, d'essentiel à sa vie. Il s'en alla, toujours à pied, dans cette direction, le lendemain, de très bonne heure. Ce devait être à la fin du mois de septembre, un matin très clair et très doux qui l'accompagnait sur la route où il marchait rapidement, sans s'arrêter, comme s'il y avait une urgence à avancer, car une idée folle trottait dans sa tête : il allait retrouver Julien.

Une fois en haut, au milieu des kermès et des pins, Jean ne prit même pas le temps de se reposer : il bascula aussitôt dans la descente, malgré la faiblesse de ses jambes qui le portaient difficilement. Une paysanne qui montait à pied la route de la montagne de la Clape croisa cet homme étrange, vêtu comme un mendiant, qui la salua d'un signe de tête en passant.

Quand elle fit volte-face, quelques instants plus tard, elle l'aperçut sur la plage en train de marcher vers la mer. Elle continua sa route puis elle se retourna une dernière fois avant de trouver l'abri des arbres, mais il avait disparu.

Personne ne le vit plus ni n'entendit parler de lui. Dans la lumière étincelante de midi, le vent n'avait mis que quelques minutes pour effacer ses traces sur le sable.

DU MÊME AUTEUR

Aux Éditions Albin Michel

LES VIGNES DE SAINTE-COLOMBE :

1. Les Vignes de Sainte-Colombe (Grand Prix des lecteurs du Livre de poche), 1996.
2. La Lumière des collines (Prix des Maisons de la Presse), 1997.

BONHEUR D'ENFANCE, 1996.

LA PROMESSE DES SOURCES, 1998.

BLEUS SONT LES ÉTÉS, 1998.

LES CHÊNES D'OR, 1999.

CE QUE VIVENT LES HOMMES :

1. Les Noëls blancs, 2000.
2. Les Printemps de ce monde, 2001.

UNE ANNÉE DE NEIGE, 2002.

CETTE VIE OU CELLE D'APRÈS, 2003.

LA GRANDE ÎLE, 2004.

LES VRAIS BONHEURS, 2005.

LES MESSIEURS DE GRANDVAL :

1. Les Messieurs de Grandval (Grand Prix de littérature populaire de la Société des gens de lettres), 2005.
2. Les Dames de la Ferrière, 2006.

UN MATIN SUR LA TERRE (Prix Claude-Farrère des écrivains combattants), 2007.

C'ÉTAIT NOS FAMILLES :

1. Ils rêvaient des dimanches, 2008.
2. Pourquoi le ciel est bleu, 2009.

UNE SI BELLE ÉCOLE (Prix Sivet de l'Académie française et Prix Mémoires d'Oc), 2010.
AU CŒUR DES FORÊTS (Prix Maurice-Genevoix), 2011.
LES ENFANTS DES JUSTES (Prix Solidarité-Harmonies mutuelles), 2012.
TOUT L'AMOUR DE NOS PÈRES, 2013.

Aux Éditions Robert Laffont

LES CAILLOUX BLEUS, 1984.
LES MENTHES SAUVAGES (Prix Eugène-Le-Roy), 1985.
LES CHEMINS D'ÉTOILES, 1987.
LES AMANDIERS FLEURISSAIENT ROUGE, 1988.
LA RIVIÈRE ESPÉRANCE :
1. La Rivière Espérance (Prix La Vie-Terre de France), 1990.
2. Le Royaume du fleuve (Prix littéraire du Rotary International), 1991.
3. L'Âme de la vallée, 1993.
L'ENFANT DES TERRES BLONDES, 1994.

Aux Éditions Seghers

ANTONIN, PAYSAN DU CAUSSE, 1986.
MARIE DES BREBIS, 1986.
ADELINE EN PÉRIGORD, 1992.

Albums

LE LOT QUE J'AIME, Éditions des Trois Épis, Brive, 1994.
DORDOGNE, VOIR COULER ENSEMBLE ET LES EAUX ET LES JOURS, Éditions Robert Laffont, 1995.
UNE SI BELLE ÉCOLE, Éditions Albin Michel, 2014.

Composition IGS-CP
Impression CPI Bussière en septembre 2014
Éditions Albin Michel
22, rue Huyghens, 75014 Paris
www.albin-michel.fr
ISBN broché : 978-2-226-25990-5
ISBN luxe : 978-2-226-18475-7
N° d'édition : 21424/01– N° d'impression : 2011303
Dépôt légal : octobre 2014
Imprimé en France